新たなAI大国

その中心に「人」はいるのか？

オラフ・グロス
ハルト・インターナショナル・ビジネススクール経済学教授
マーク・ニッツバーグ
カリフォルニア大学・人間共存型AIセンター事務局長
長澤あかね 訳

Solomon's Code
Humanity in a World of Thinking Machines

講談社

新たなＡＩ大国
その中心に「人」はいるのか？

私たちの子どもたち――
グロス家のハナとフィオナ、
ニッツバーグ家のヘンリーとセシリーへ。
「思考機械」の時代が、
君たちの人間性を育む力となりますように。

日本語版に寄せて

公立はこだて未来大学副理事長　複雑系知能学科教授
松原　仁

本書は"Solomon's Code: Humanity in a World of Thinking Machines"というＡＩについての本を日本の読者向けに一部を割愛して翻訳したものである。

ソロモンというのは古代イスラエルの王様の名前である。ソロモンは日本ではあまり知られていないかもしれないが、欧米では知恵の象徴として非常に有名である。たとえばコンラート・ローレンツの動物行動学の名著『ソロモンの指環』（日高敏隆訳、早川書房）という本のタイトルは、ソロモンが指環をつけると動物の言葉がわかったという伝説にちなんでつけられたものである。ソロモンは知恵を用いて国を治めたが、過ちによって国の混乱と衰退を招いた。ソロモンは知恵の象徴であると同時に、一方では人間というものが間違いを犯すことの象徴でもある。「コード」とはＡＩのプログラムのことである。『ソロモンのコード』という題名は、知恵を持っていてうまく使えば便利だが使い方を間違うと過ちを犯しかねないＡＩとわれわれ人間がこれからどう付き合っていくべきかを意味している。

いまＡＩは、歴史上3回目のブームを迎えている。

ＡＩの研究は１９５０年ごろに始まった。コンピュータはもともと数を速く正確に計算する機械として１９４０年代に発明された。アラン・チューリング、クロード・シャノンというコンピュータのパイオニアが、コンピュータは数だけでなく記号も扱えることに気づいた。人間は頭の中で記号を操作することで知的なことをしている。コンピュータも記号を扱えるのであれば人間のように知的なことができるのではないかと彼らは考えたのである。

当時はコンピュータの発明直後だったこともあってコンピュータの能力を過大評価していた（人間の能力を過小評価していたとも言える）。人間と違って飽きたり疲れたりして間違えることのないコンピュータがすぐにでも人間の知能に追いつき追い越すのではないかと期待された。

１９５０年代後半から１９６０年代が1回目のＡＩブームである（このブームは日本には到達せず、その舞台は、もっぱらアメリカとヨーロッパであった）。しかし当時のコンピュータの性能はとても貧弱で、いまの視点からするととても知的なことができるはずはなかった。１９６０年代半ばになって期待外れということでＡＩは（1回目の）冬の時代を迎えた。

１９７０年代の前半にエキスパートシステムというものが作られた。これは人間の専門家の代わりを務めることを目指したＡＩである。

たとえばマイシンというエキスパートシステムは、ある内科系の病気の患者のデータを入力するとその患者がどの病気でどの薬が効くかをかなりの精度で出力することができた。これが実用化できればすばらしいということで他の病気だけでなく法律、製造業、金融などさまざまな領域のエキスパートシステムが世界中で作られるようになった。

１９８０年代から１９９０年代にかけてＡＩは２回目のブームを迎えた。日本に本格的にＡＩが入ってきたのはこの２回目のブームのときである（日本の人工知能学会も１９８６年に設立された）。

しかしこのエキスパートシステムも人間の代わりを務めることはできずに、１９９０年代後半にＡＩは２回目の冬の時代を迎えた。エキスパートシステムはかなりの精度は出たものの、ときどき許容できない間違いを犯したのである。それはエキスパートシステムの作り方に問題があった。人間の専門家にインタビューをして知識を取り出してそれを整理してコンピュータに載せていたのだが、この方法だと人間が意識して使っている知識は取り出せても無意識に使っている知識（常識など）は取り出せない。専門家は意識せずにそういう知識を使って問題を解いているが、エキスパートシステムにはそういう知識がないためにときどきとんでもない間違いを犯してしまったのである。

２０００年代にＡＩは３回目のブームを迎えていまに至る。そのきっかけはディープラーニングという機械学習の一つの手法が人間の顔の認識などにおいて非常に優れた性能を示したことである。

いまの3回目のブームの中でＡＩはとても進歩している。自動車は運転手がブレーキをかけなくても障害物を検知して自動的にブレーキをかけてくれる。ＡＩスピーカーは人間と言葉でやり取りをしてくれる。スマートフォンの乗り換えアプリは適切な交通手段を教えてくれる。将棋や囲碁などのゲームではＡＩは名人よりもいい手を見つけてくれる。

このようにＡＩが進歩することによって、ＡＩが人間の代わりにさまざまなことをしてくれるようになると期待される。人間は空いた時間で自分の好きな人間らしいことをすればよい。一方で、進歩したＡＩが人間の仕事を奪うのではないか、ＡＩによって富がさらに一部だけに偏るのではないか、さらにはＡＩが人間を支配するのではないかなどＡＩが社会を悪い方向に持っていくことも危惧されている。はたしてＡＩはわれわれの味方なのか敵なのか、もはやそんなことを言っている場合ではなく是が非でも味方につけなくてはいけないとして、味方につけるにはどうすればよいのか、そういうことを考える材料を与えてくれるのが本書である。

本書の特徴はＡＩと人間との関係を、いくつかの国に分けてどの国がどうＡＩと関わっているのかをとても具体的に述べている点である。かつてのＡＩは研究者だけのもので社会とはほとんど関係がなかったが、いまのＡＩは社会と深く関係している。国としてはアメリカ、中国、カナダ、ロシア、ＥＵ諸国などが取り上げられている。

ＡＩ研究は１９５０年代にスタートしてからずっとアメリカがトップを走っていて、基礎でも応用でも圧倒的である。一時期日本がアメリカに取って代わるのではないかという時期があった。１９８０年代から１９９０年代のＡＩの2回目のブームのときである。当時、日本は景気がよく、アメリカは景気が悪かったので、日本の方がＡＩの研究開発にお金を出したのである。通商産業省（現・経済産業省）の第5世代コンピュータプロジェクトも行なわれた。日本で本格的にＡＩの研究プロジェクトができたのはこれが最初であった。それなりの研究成果は出たものの、2回目のブームも期待外れに終わってしまい、日本はアメリカに追いつくことができなかった。

その後日本はずっとＡＩに力を入れてこなかったが、その間アメリカはずっと力を入れ続けた。政府だけでなく、マイクロソフト、アップル、グーグル、フェイスブックなどさまざまなＩＴ企業がアメリカから生まれて大きく発展し、ＡＩの研究開発に注力した。

中国も最近になってＡＩに力を入れて急速に力を伸ばしている。ＩＪＣＡＩ（International Joint Conference on Artificial intelligence：国際人工知能会議）という人工知能の権威のある国際会議で採択される論文の数はこれまでずっとアメリカがトップであったが、最近は中国が断然トップである。中国は監視カメラを全国に張り巡らせている。アメリカ、ＥＵ、日本などでは個人情報保護の観点から本人の許可を得ていない画像データの利用は困難であるが、中国では大量の画像データを用いた研究が盛んに行われてその分野でトップクラスになっている。また個人の活動状況をＡＩが分析してその人の信用度を点数化するという試みも中国で活発に進められている。たとえば横断歩道で赤信号を無視して歩くとＡＩがそれを検知してその人の信用度の点数を下げるのである。その信用度はすでにクレジットカードを発行するかどうかや、自社に採用するにふさわしい人材かどうかなどのチェックに実際に使われ始めている。個人情報の取り扱いについては日本の常識からはかけ離れているが、中国が大量の個人情報のデータを処理してその分野での研究を進歩させているのは事実である。

ＥＵはＡＩそのものの研究からすればアメリカや中国からは遅れているものの、個人情報の取り扱いについては世界でも先進的でリーダーシップを取って進めつつある。

そんな中で日本の位置づけは厳しい。本書でも日本が柴田崇徳氏（産業技術総合研究所）や國吉康夫氏（東京大学）など、日本の研究者が何ヵ所かで取り上げられているが扱いはとても小さい。残念ではあるが、ＡＩ分野での日本の国際的な地位が低下しているという現実を本書からも受け入れなければならない（先述のＩＪＣＡＩでも日本からの発表の割合はとても小さい）。

私は公立はこだて未来大学で、基礎的な方面としてはＡＩに小説を書かせる（目標は星新一である）などという研究を、応用的な方面では公共交通をＡＩで効率化する（ベンチャー会社も立ち上げている）などの研究を進めている。

著者マーク・ニッツバーグは以前から論文などで名前を知っていたが、私の大学の同僚である美馬のゆりから紹介されて知り合いになった（大学に来たこともある）。

彼はもともとコンピュータ・ビジョン（画像認識）の専門家であるが、最近はＡＩと社会との関わりにおいて世界をリードする情報発信を行なっている。その彼から依頼を受け、著書の邦訳にあたって序文を執筆することになった。

日本の読者に本書を読んでまずＡＩの世界情勢を把握していただき、日本のおかれている現状を認識した上で日本がＡＩで一定の地位を確保するにはどうすればいいのかを一緒に考えていただければと願う次第である。

はじめに

かつては壮大に語られたＡＩの物語は、今や日常に転がるありふれた話になった。

ロボットは人間そっくりの姿で、人間さながらに話し始める前に、現実の仕事を自動化し、産業を変えた。ＡＩはハイウェイに自動運転の車やトラックを走らせる前に、渋滞の抜け道を探す手伝いをしてくれた。ＡＩは人間の脳をよくするチップを埋め込んでくる前に、人間と会話し、人間の声に反応するパーソナル・アシスタントをつくった。かつてのＡＩの物語は、「ある日突然、生活ががらりと変わる」と約束していたけれど、今開花しているＡＩは、世界が終わるかのような大革命を通してではなく、日々一歩ずつ変革をもたらしている。

今やＡＩ（アーティフィシャル・インテリジェンス）は私たちの生活に浸透し、姿を消しそうもない。むろん、今日「知的《インテリジェント》」とされるマシンが、明日には「ただの機械」と見なされる可能性もあるが、計算能力のとてつもない進歩や大量のデータセットを利用できること、わずかながらも工学や科学に飛躍的進歩が見られたことのおかげで、ＡＩはライト兄弟の黎明期からＮＡＳＡの高みへと進化した。研究者たちがこうした基本的な要素を強化するに従って、今後ますます多くの企業が「思考機械」を商品やサービスに組み込むようになるだろう。そうして、私たちの日常生活にもさらに深く組み込まれていく。

それに加えて、今後の発展が引き続き私たちのあり方を、時に目を見張るような形で、時にさりげなく変えていくことだろう。

ＡＩの台頭が続けば、知能についてだけでなく、人間の本質についても、さらに多くの新たな疑問がわいてくるはずだ。専門家以外は、ただ大人しく事態を眺め、なりゆきに身を委ねていることもできる。だが、人間とマシンが望ましい形で共存する物語を書く一助となることもできる。街頭デモに繰り出し、政府に「黙ってないで私たちを守って！」と頼まなくてはならない事態になるまで手をこまねいていることもできるが、今後の展開に真正面から取り組み、ＡＩとどう関わりたいのか答えを出すこともできる。この本を書いたのは、そのためである。読者のみなさんが、**力を増す一方のＡＩ技術がもたらす社会的、倫理的、経済的、文化的なジレンマに立ち向かう力**になりたいのだ。

本書では、私たちが今後ＡＩによって、「知的である」「人間である」「自立している」ことの意味を、いかに考えさせられることになるか、説明していく。そして、人として疑問を抱かずにはいられない事柄についても考えていきたい。――ＡＩは一体どうすれば倫理的で思いやりのある意思決定ができるようになり、効率一辺倒ではない「何者か」になれるのだろうか？　と。

こうした問題は、「価値観」「信頼」「力」をめぐる私たちの地域的・世界的な概念に疑問を呈するだろう。だから私たちは、本書全般を通して、この3つのテーマに触れていきたいと思う。


この本のタイトル（原題 Solomon's Code）は、聖書に登場するソロモン王に由来する。ソロモン王は富と倫理的な知恵の象徴であると同時に、欠点を持つ指導者の象徴でもある。将来のＡＩシステムを動かすコンピューターコードをつくるとき、戒めとしてソロモン王の話を心に留めておくべきだ。結局、王が築き治めた壮麗な王国は——おおむね王自身の過失によって——崩壊し、その後の分裂が、暴力的な混乱と社会衰退の時代を招いた。知恵という贈り物は浪費され、社会が代償を払うことになったのだ。

本書は、**人類が知恵と先見の明を持って行動し、次世代のＡＩを設計する際に自らの欠点から学べば繁栄できる**——という立場を取っている。結局のところ、私たちはすでに、こうした先進技術がもたらす「価値観」「信頼」「力」をめぐる新たな試練に対処している。世界中の政府、市民、企業が個人情報の保護について議論し、プライバシーやセキュリティの価値について合意を形成しようと骨折っている。人間そっくりの声でレストランに予約電話をかけるグーグル・デュープレックスや、日常会話にまでうっかり聞き耳を立ててしまうアマゾン・アレクサの話に、人々は「ＡＩシステムって、どの程度信頼できるの？」といぶかしんでいる。

アメリカ、中国、ＥＵ（欧州連合）をはじめとした国々が、すでに先進技術を使って自分たちの影響力や権力の拡大に努め、国際的なＡＩ競争を加速させている。ＡＩ競争は気候変動への取り組みを助けるかもしれないが、同じくらいたやすく、他国への内政干渉を促すかもしれない。

一方、技術面では、こうしたシステムが認識力を得れば得るほど、システムは「意識」もしくは「自分の行為を省みる力」を示し始めるかもしれない。最初に、ＡＩ開発者と彼らが開発するシステムに「良識」を教え込むことができれば、全員が勝利を収める。テクノロジーは、私たちの生活によい影響を及ぼすだろう。

ただし、それを実現するには、私たちが力を合わせ、公の場で議論し、適切な政策をつくり、自ら学び、子どもたちを教育し、国際的かつ開かれた倫理規定を設けて、それに従うしかない。ＡＩの未来がどんな道をたどろうと、私たちは、誰もが入れる開かれた輪をつくらなくてはならないのだ。その輪が個人や企業の生産性を高め、職場や私生活での満足度を上げ、人類の進化をゆっくりと促していく。

人が生まれながらに持つ「探求」「成長」「前進」への揺るぎない願望は、今後も斬新な人工知能のアプリケーションを生み出し続けるだろう。知られざるリスクや見返りがあろうとなかろうと、ランプの中の魔神はもう飛び出してしまった。人類の衰退ではなくさらなる発展を後押しするマシンをつくりたいなら、ＡＩが「価値観」「信頼」「力」をさりげなく変革していく様子に目をこらし続けなくてはならない。そしてそのためには、ＡＩが私たちに、人間そのものについて何を語ることができるのか、それを理解しなくてはならない。地球規模で豊かな多様性を持ち、厳しい試練を抱え、素晴らしい可能性《ポテンシャル》に恵まれた、私たち人間について。

新たなＡＩ大国◎目次

第2章 新たなパワー・バランス……039

第3章 「より賢い《スマートな》世界」のトップランナー

「カンブリア国家」の産学連携——アメリカと中国　087
専門知識を活かしきれない「城国家」——ロシア　091
ヨーロッパ——規制と起業家精神のはざま　095
イギリス——EU離脱後のポジショニング　099
フランス——アンチ・テクノロジー国家のAI革命　101
イスラエルとアメリカ——認識時代の騎士　103
即興アーティスト——離島の医療をになうアプリ　109
インド——世界第3位のAI導入国家　112
日本——鉄腕アトムが少子高齢化を救う?　118
カナダ——AIのCERN　122

第4章 AI世界のパワーゲーム……126

第1章

すでに存在しているAI世界

❖AIの未来予測に「自分の未来」を託せるか？

医療業界はすでに、人工知能のとりわけ目を引く研究所となっている。たとえば2016年、IBMのがん診断支援システム「ワトソン・フォー・オンコロジー」は医療検査機関、クエスト・ダイアグノスティクス社との提携を発表した。ワトソンの強力なAI能力とクエスト社の腫瘍ゲノム配列決定技術とを組み合わせるのだ。ワトソンの優れた研究能力とクエスト社の正確なゲノム同定が一つになれば、一人一人に合うがん治療を提案できるので、治療効果が上がり、副作用は軽減される。提携を発表した際、両社は「このサービスは、アメリカのがん患者の4人に3人を治療しているがん専門医に広がるだろう」と語っていた。

ワトソンをはじめとしたAIシステムは今後、医療業界にさらに深く浸透するだろう。マシンの能力が高まり、マシンがさらに大きな役割を果たすことを患者が受け入れ始め、医師も患者の健康を守ってくれるなら、マシン主導型の治療と人間主導型の治療の境界線はあいまいになるだろう。

そうなれば今後は、どんな専門家よりもはるかに多くの研究結果とデータを収集し、処理し、そこから学べるシステムの分析能力に、私たちは全面的に頼ることになるのだろうか？

医師の専門知識をマシンと比較して、どのように見ることになるのだろう？

冷徹で客観的なＡＩと人間ならではの不確かな要素――よくも悪くも人間の健康に影響を及ぼす、偏見・直感・恐れ・意志力――とのバランスを、どのように取ればいいのだろうか？

❖もしもＡＩに「待望のわが子の中絶」を勧められたら？

今から挙げる個人的な事例について、考えてほしい。私（オラフ）の妻のアンは、第一子の妊娠中に乳がんと診断された。そのとき、明らかに人間的な要素が、状況を一変させたように思う。私たちは２００４年４月に結婚し、その年のクリスマス、アンの実家に滞在中に妊娠に気がついた。「信じられない！」とうきうき食卓を囲み、誰にも知られず２人だけで喜びをかみしめた。それから３ヵ月もたたないある日、アンは乳がん検診に出かけた。友達や家族に妊娠を伝える予定の日よりも、前のことである。アンは乳房に良性腫瘍があったので、私たちにとってはおなじみの検査だったが、その日の午後、電話をくれたアンの声はおびえていた。放射線医が、「再度病院に来てください」と連絡してきたというのだ。医者は何かを見つけたらしいが、「電話では話せない」と言っている。

２人で病院に着くと、アンが言った。「先生から直接聞くなんて無理。あなたが聞いて、私が耐えられる形で伝えてくれない？」と。

診断結果は、私たちが恐れていた通りのものだった。２人とも、その晩はよく眠れなかった。妊娠中の女性が乳がんにかかることはめったにないが、かかると母子ともに危険にさらされる。翌日、ベルリンで一、二を争う乳がん専門医に会いに行ったが、「中絶して今すぐ化学療法を始めなさい」と言われた。医師が確信を持ってそう勧めたことに、私たちはショックを受けた。アンはもごもご言い返したが、医師に呼ばれて来ていた元患者にぴしっと遮られた。医師は自分の冷淡な態度をやわらげたくて彼女を呼んだのだろうが、その効果はなかった。医師も元患者も言ったのだ。「ほかに選択肢はありません」

来たときよりもひどい気分で病院をあとにした私たちは、アプローチを変えた。アンは子どもをあきらめることを拒み、私たちは世界中にいる友達や家族に頼ることにした。妊娠を伝える純粋な喜びは、がんのニュースで曇ってしまったけれど、代わりにみんなからあふれんばかりの応援が届き、ほっと心が落ち着いた。今アンに尋ねたら、「あの晩は、人生で一番よく眠れたわ」と答えるだろう。

数日後、2人で小さなカトリック系のクリニックに向かい、2人目の乳がん専門医に会った。会った瞬間に、「アンと赤ん坊を救いたい」という医師の思いが伝わってきた。医師は、数こそ少ないものの、妊娠中の女性患者が胎児に害のない化学療法を受けた事例を示してくれたので、また希望がわいた。

希望は、無事に乳腺切除術を終え、最初の病理検査で「ホルモン駆動がん」だと判明したあとにも、またわいてきた。最悪の診断には違いないが、アンの場合は、化学療法の必要がないとしたら朗報だった。そういうわけで、医師と一緒にプランを立て、アンは1ヵ月早く出産し、産後にホルモン療法を始めた。一時的に閉経後の状態にして、がんと闘うのだ。2005年8月17日、娘のハナが誕生した。

❖「リスクを取れる」のが人間らしさ

今振り返って思うのは、**ワトソンのような人工知能なら、私たちが最終的に選んだような道を提案しなかっただろう**、ということ。

アンを担当した放射線医は、普通なら見逃してしまうがんを見つけることで広く知られていたが、14年後の今日のマシンは、放射線画像の異常を検知する力にかけては、人間をはるかに超えている。もし当時、ＩＢＭワトソンのようなＡＩプラットフォームがあったら? 最初の専門医は、ＡＩが比較検討した選択肢をずらりと並べて、私たちに示してくれたかもしれない。自分の助言に従うよう説得するために、不確かな選択肢も提示してくれたのではないかと思う。それによって私たちはより多くの情報を得て、「別の道もある」と希望をふくらませたのではないだろうか。少なくとも、予後診断にショックを受けたあと、医師により実のある質問をし、より実のある回答をもらえただろう。

一方、２人目の専門医が、ＡＩの統計分析を添えてアドバイスをしてきたら、私たちはそれでも心に従って、リスクの高い道を選べただろうか？　方針を決めたあとも、ＡＩが主治医と私たちを助けようと、さらなるマイナス情報を提示してきても？

結局、アンの回復には、客観的で分析的な現代医学の枠組みの外で起こった多くのことが、大きな役割を果たした。アンは病気を定義し直し、勝ち目のある相手だと考えた。がんは悪さをする細胞で、白血球に打ち負かされつつある、と思い描くことにしたのだ。また、世界中の友人たちから届く祈りや応援を糧にした。そして、「何があってもわが子の幸せを守る」という母親としての本能が、アンを強くした。人工知能は、人が生まれながらに持つこうした要素や意欲を獲得できるのだろうか？　とくに、アンのがんとの闘いのように、それらの要素が統計上あり得ない数値を生み出してくれるような場合に。

科学とは客観性と事実のデータに基づくものだが、ＡＩはどんな治療に関しても「効果がある」と保証することはできない。**ＡＩのアドバイスは過去の結果に基づくもので、統計的一般化**

に基づいた未来予測にすぎないからだ。場合によっては、直感のほうがよい結果を生むこともある。

ハナの誕生からしばらくの間、リサーチ力のあるアンは、引き続きさまざまな可能性を調べ、数値をよくする方法を探していた。確信を持って治療法を選んだにもかかわらず、時折「化学療法を受けなかったのは、致命的な間違いだったのでは？」と思わずにいられなかったからだ。だが結局のところ、私たちは再び、多くの専門医の助言に逆らう決心をした。医師たちは5年間のホルモン療法を勧めたが、私たちはある医師が行っていた試験に基づく研究と代替研究に頼ることにした。この医師は、中国の伝統的な治療と現代の西洋医学を融合していた。彼の専門知識と「妊娠中に分泌されるホルモンは通常、乳がんを防ぐ」という知識で武装したアンは、ホルモン療法をやめたので、私たちはもう一人子どもを持つことができた。２００８年10月24日、ハナの妹のフィオナが生まれた。

最初にがんと診断されてから14年以上たつが、アンは無がん状態を保っている。再発の可能性はあるし、それは誰にもわからないが、標準治療プロトコールに近い治療法を選択しても、リスクは変わらなかっただろう。代替療法が必ず効果を上げるとは限らないし、ほとんどの標準治療が標準になったのは、ほかの選択肢と同じかそれ以上の効果があるからだ。それでもアンの経験は、人々の選択肢とそれがもたらす可能性の幅広さを教えてくれる。

同時に、マシンに複雑極まりない人間と同じことをさせる難しさを示してもいる。アンは進んでリスクを取り、予想外の結果を証明してみせた。ＡＩ搭載プラットフォームなら、おそらくもっとリスクを嫌っていただろう。実証されていない、統計的な裏づけのない方法よりも、よりたしかな方法で命を救うことを選んでいただろう。

❖データの豊富さと見識の高さは比例しない

２０１６年、インドの「マニパル総合がんセンター」で、医師のグループが自分たちのがん治療計画とＡＩマシンが提示する助言とを比較する実験を行った。ＩＢＭは当時すでに、（ニューヨークシティの「スローン・ケタリング記念がんセンター」をはじめ）世界中の多くのがん治療センターと提携し始めていた。そして、ワトソンががんの治療について学習し、診断や助言についても学べるように、提携機関の患者のデータや膨大な医学研究、専門誌やリサーチの情報を、ワトソンにインプットしていた。

ＩＢＭの「ワトソン・フォー・オンコロジー」の国際ネットワークの一翼を担うインドの専門医たちは、ワトソンの助言が「腫瘍委員会」の判断とどの程度一致するのか知りたいと考えた。この委員会は、毎週12〜15人のがん専門医を集め、症例の審査を行っていた。

２０１６年12月に「サンアントニオ・乳がんシンポジウム」で発表された研究論文によると、６３８件の乳がん症例の二重盲検試験（訳注：どんな薬を投与するのか、医師も患者も知らずに行う治験方法）において、ワトソンは90パーセントの確率で委員会の助言と似通った治療法を提案した。アンが経験したような複雑ながんの場合は一致率が落ちたが、研究者によると、こうしたケースでは治療の選択肢が広がるため、人間の医師の間でも意見が分かれやすいという。しかし、何より目を引いたのは、ワトソンが結論を導くスピードだった。ワトソンは、症例のタイプやリサーチについて学び終えるのと同時に、患者のデータを入手し、分析し、平均40秒のペースで治療の助言を返していた。人間の医師のグループは、１件につき平均12分かかった。

とはいえ、ワトソンが万能の解決策、というわけではない。生命科学の大手ニュースサイト「ＳＴＡＴ」は、２０１７年９月の記事で「ワトソンの能力で――少なくとも今の形で――本当にがん治療を変革できるのか」と疑問を呈している。[1] ただし時折のプレスリリースや大胆な予測に反し、ワトソンの開発者たちも研究パートナーである医師たちも、「ＡＩが医師や医師の専門知識に取って代わる」とは主張していない。むしろＡＩを、「医師を補う役目を果たすもの」「医師のよりよい判断を支えるために、膨大ながんのリサーチから学ぶシステム」ととらえている。

「ＡＩは人に取って代わるものではなく、人を補うもの」というこの考え方は、人工知能の擁護者たちの合い言葉になっているが、今後しばらくは真実と言えそうだ。マシンは、膨大な検診結果の報告書をくまなくチェックする、放射線スキャンで異常を見つける、といった作業では、すでに人間の能力に追いつき、追い越している。だが、信頼できる診断を下したり、思いやりを持って診断したりは、まだできていない。ただし、今後システムが統合されていけば、ポテンシャルは大きい。異常を見つけたシステムが、その病気についての国際的な研究結果も添えて医師に届けてくれれば、医師も患者も、十分な情報を得た上で治療法を選べるだろう。

たしかなＡＩ、たしかな一連のシステムが豊かな情報源となって、医師や患者の最善の意思決定に役立つだろう。患者は命に関わるパーソナルな問題を話し合うときには、人間的な深いやりとりを必要としている。そして今のところ、「医師と同じくらいマシンを信頼している」という人は、当然ながらほとんどいない。この状況はすぐには変わらないだろう。

だが、科学技術のメリットのほうを評価する人たちから見れば、**人工知能は人間の専門知識や能力が及ばない場所で力を発揮している。**たとえば、先ほどのインドの研究報告は、強力なＡＩが限界やミスや偏見だらけの人間の判断を補い、さらに言えば取って代わり始めた、新たな証拠なのかもしれない。ワトソンは何百万件もの患者の記録や、さらに何百万ページもの専門誌や調査研究を網羅し、ほぼすべての症例について治療の選択肢の有効性をまとめてくれるだろう。そして、その膨大な情報から学び、そこから得た助言を改善・微修正して、客観的に提供してくれるかもしれない。

詳しい方向性についてはともかく、人工知能が今後、医療業界全体——医薬品から支払い、原価管理、医師と患者の関係に至るまで——を抜本的に変えていくことを疑う専門家はいない。

たとえば、モバイルヘルス企業「AliveCor《アライブコア》」が開発した板ガムほどの大きさの機器を使えば、心電図などのバイタルサインを測定し、データを医師に送ってチェックしてもらえる。心臓疾患のリスクを抱えるユーザーが、定期的に病院で検査を受けなくても、毎日のように心電図をチェックできるのだ。

そして、収集された情報はどんどん増大するデータベースに戻されるので、アライブコアの機械学習エンジンは繰り返し訓練され、心電図のノイズの中でもかすかな心拍パターンに気づく。人間の目では決して見つけられないこうした小さな異常が、血清カリウム値の問題や不整脈など、緊急に対処すべき心臓や健康の問題を知らせてくれるだろう。これらのモニタリング機能はいずれ、腕時計のベルトに組み込まれ、指先一つでいつでも使えるようになる。

こうした進歩は、健康管理や診断、治療がとてつもなく前進していく前触れではあるが、医療の多くの例にもれず、副作用も伴う。**「データの大きさ＝見識の高さ」ではないのだ。**

がん治療に対するワトソンの助言も、生存率、がんの変異、治療のどれを見ても、既存データと同レベルのものでしかない。新発見があれば、がんなどの病気の診断と治療は、抜本的に変わるのだろうが。ＡＩシステムは、個人やコミュニティの健康に対して何らかの予測をしてくれるかもしれないが、どんな予測も結局はＡＩに入力されるデータとアルゴリズムの質次第であり、完璧なものなどない。そして、アンの話が示しているように、個人の好みが、よくも悪くも治療に影響を及ぼすだろう。

❖顔画像スキャンで病気も将来も丸見え

マシンの知覚が高まり、人間の生態や病気、症状に対する広い知識を身に着けるようになれば、倫理的な問題も生じてくる。

医療系スタートアップ「ＦＤＮＡ」が開発したアプリ、「Face2Gene《フェイス・トゥ・ジーン》」は、患者の顔をさまざまな病気特有の顔のパターンを組み合わせたものと比較し、病気の発見に目覚ましい成果を上げている。今はまだ診断の確定に医師や、場合によってはほかの検査が必要だが、有効性を確認するある研究では、４４４人の幼児のうち３８０人の自閉症スペクトラム障がいを言い当てた[2]。

しかし、メリットばかりではない。もし保険会社が先々お金のかかる顧客を見つけようと、顔画像をスキャンしようとしたら、止められるだろうか？　雇用主が健康ではない入社希望者を振り落とそうと顔写真を求めたり、フェイスブックの写真をこっそりスキャンし始めたとしたら？入国審査官が旅行者をスキャンして、ある種の病気を持っていないか調べることはないだろうか？　これは治療や人生の進路を決める私たちに、どんな影響を及ぼすのだろう？　そして、医学界や保険業者や雇用主が情報を悪用しない、と信頼できるだろうか？

途方もないチャンスと深刻なリスクとのバランスをどう取るのか――これは、医療業界をはるかに超えた問題だ。

雇用主の中には、採用候補者の声を録音した15分のサンプルをＡＩに分析させ、一人一人を詳しく調べ、誰がより協力的な社員になり、誰が優れたリーダーになるのか、知ろうとしている人たちもいる。また企業の中には、ＡＩを使って組織のさまざまな部門からのデータを統合し、誰を採用したのが正解で、さらに研修が必要なのは誰で、誰を解雇すべきなのかを知ろうとしているところもある。

実は社員たちも、こうした動きに一枚かんでいる。職場にさらなるやりがいや創造性を求める彼らのために、企業や雇用主も知恵を絞らざるを得ないからだ。新世代の社員をどのように雇い、どのように意欲をかき立てればよいのだろう？　と。

さらに、人工知能をはじめとしたテクノロジーは、産業全体を変革しつつある。車は自動運転を学び、ロボットは製造能力や、隣に座っている人の感情に反応する力に磨きをかけている。フェイスブックと百度《バイドゥ》はますます高性能のＡＩアプリを開発し、カスタマイズしたニュースや広告をユーザーに届けている。ユーザーの顧客満足度と消費を高めたいのだろうが、カスタマイズとマインドコントロールの境界線はあいまいになるばかりだ。どちらのプラットフォームも「同じ考え方の人たちで固めた均質な『バブル』をつくっている」と批判を浴びているが、サイトは相変わらずの大人気だ。

よくも悪くも、ＡＩイノベーションはすでに私たちの暮らし方や働き方を変え、今後も変え続けるだろう。だが、それが未来にとってどんな意味を持つのかを理解したいなら、まずは今の最先端を理解する必要がある。

❖複雑な人間、シンプルなマシン

ＡＩ開発者たちの公式見解は「人工知能は、人間の能力、直感、感情を補ってくれるだろう」というもの。ＩＢＭのワトソン・フォー・オンコロジーは医師に取って代わるのではなく、医師を補うものだ、と。

だが、カーネギーメロン大学の「Center for Machine Learning and Health（機械学習・健康センター）」で事務局長を務めるジョー・マークスが言うように、技術開発チームは往々にして「テクノロジー・ファースト」だ。マシンと人間の相互作用について考えるのは、二の次である。

ＭＩＴ（マサチューセッツ工科大学）メディアラボの伊藤穰一所長も２０１６年、ある雑誌で次のように述べている。

――これを言うとＭＩＴの学生は気を悪くするだろうが、私が懸念しているのは、ＡＩの核となるコンピューター科学の担い手がおおむね若い男性で、ほとんどが白人だということ。しかも、人よりもコンピューターと話すほうが心地いい、というタイプの人たちであること。彼らの多くはSFに登場するような汎用ＡＩさえつくれれば、政治や社会といった複雑なことを気に病む必要がなくなる、と考えています。マシンが代わりにすべて答えを出してくれると。

――しかし、彼らは困難を小さく見積もっています。私は、２０１６年は人工知能が単なるコンピューター科学の問題ではなくなった年だ、と感じています。ＡＩがどうふるまうかを、今後はすべての人が理解する必要があるのです。メディアラボで、人工知能ではなく『拡張知能』という言葉を使っているのは、ＡＩにいかに社会的価値観を組み込むかが問題だからです。[3]

ハイテクおたく《ギーク》が人的要素を排除したがるのは、**人間が物事を複雑にする**からだ。たとえば、気候変動のようなひどく複雑なシステムを最適化したいなら、人間による政治的・心理的な対立を取り除けばまとまりやすいだろう。だがこの考えは、ＡＩで複雑な問題を解決する場合の一次効果しか見ていない。マシンは、ハイテクギークが考えもしないような二次、三次効果を生む。だから、**開かれた、誰もが参加できる、分野の垣根を越えた会話が必要なのだ。**

こうした会話は、ＡＩが世界中でさまざまな価値観とぶつかり始めれば、いっそう重要になる。欧米の科学者が開発したマシンには、それ以外の社会では害になるような偏りがあるかもしれない。中国で開発され、世界に送り出された強力なシステムは、アメリカの市民が望むほどのプライバシー保護や自由を反映していないかもしれない。マシンは今後、多種多様なコミュニティの健康政策やライフスタイルをどのように組み込んでいくのだろうか。

世界中の社会や経済がつながり合っている今、世界の職業、経済、文化のシステムがどのように影響し合えば、私たちは気候変動と闘い、平和を促進し、世界の市民をより豊かで健康的な生活へと導けるのだろう？

互いに協調し、団結し合う恩恵を手にするために、私たちは欠点だらけで風変わりな個性を手放す覚悟が、どれくらいできているのだろう？

その答えがどんなものであれ、「人工知能が今後数十年にわたって、人間の試みを変革していく」というギークの主張は正しい。たとえ彼らの関心がまだ、「人間の複雑さを受け入れてくれるＡＩ」をつくることに向いていないとしても。

この複雑さこそが、私たち人間を不確かだけれどかけがえのない存在にしている。ＡＩが人間の力や価値観や信頼にどのように影響を及ぼすのか、それをきちんと方向付けたいなら、私たちは人間の複雑さを受け入れるＡＩを開発しなくてはならないのだ。

❖価値観、力、信頼のゆくえ

車輪からガソリンなどを用いた内燃機関へ、初期のパソコンから最先端のスーパーコンピューターへと、テクノロジーの進化は、常に私たちの暮らし方や働き方を変えてきた。私たちがいかに物を生み出し、学び、稼ぎ、お互いや社会制度と関わり合うのか、その定義を変えてきた。

そして今、ほかのどんなテクノロジーよりも人間の認識能力や身体能力をまねられるAIシステムが誕生し、生活に導入されたことで、新たな疑問が生まれている。それは**「価値観」、「力」、そしてテクノロジーや同胞（人間）への「信頼」をめぐる疑問だ。**DARPA（国防総省高等研究計画局）元局長のアラティ・プラバカーは言う。「みんな『AIが今後私たちに何をするか』について語り合っていますが、本当に語り合うべきなのは、『私たちが人間として、自分たちに何をしようとしているか』です」と。

AIシステムにさらに多くの判断を委ねるようになれば、「価値観」「信頼」「力」をめぐる私たちの考え方にも変化が生じるだろう。たとえば、「トロッコ問題」という言葉をご存知だろうか？　これはイギリスの哲学者が提起した、有名な思考実験だ。

――トロッコが暴走し、このままでは前方にいる5人の作業員がひき殺されてしまう。進路レバーを切り替えることはできるが、今度はその先にいる1人の作業員が死んでしまう。どう対処すべきか？　という問題だ。

自動運転車には、そうした状況でどのように対処させるべきなのだろう？　思考機械の普及に伴い、さまざまな価値観やアイデンティティを持つ人間の代わりに、AIシステムにどんな対応をさせたいのか、私たちが考えておかなくてはならない。

自分と家族の利益をめいっぱいふくらませたいのか、人生で出会うほかの人たちの利益とのバランスを取りたいのか？　自分の価値観と社会やコミュニティの価値観に、どう折り合いをつけるのか？　その塩梅を誰が判断するのだろうか？

もちろん、そうした判断は、私たちが社会や周りの人たちに及ぼしたい「力」と直接結びついている。個人、企業、国家、どの観点から見ても、ＡＩを活用した力の競争が、私たちの生活をつくり変えていくだろう。だが、どのようにつくり変えるかは、人間と機械とのパワー・バランス次第でもある。企業は私たちの行動や好みに関するデータをどんどん集めているが、企業が展開するアルゴリズムは今後、顧客や社会の利益を最優先してくれるのだろうか？　それとも、その判断のベースにあるのは、「もうけ」だけだろうか？

この本を書いている時点では、**AIのブラックボックスの中で何が起こっているのか、私たちはほとんど理解していない。**システムがなぜ、どのように人を分類し、表現しているのかはわからないままだ。ＡＩは今後、私たちのアイデンティティがどのように世の中に発信され、それに対して私たちがどんな影響を及ぼせるのかを変えていくだろう。高性能のアルゴリズムとそれを設計する人たちは、もしかしたら、私たちをありのままに表現しようと決めているかもしれない。ありとあらゆる欠点も含めて。

そうしたら、出会い系サイトのプロフィールをせっかく魅力的にこしらえても、はるかに膨大なデータを持つアルゴリズムが誇大広告を見破って、もっと客観的に表現してしまうかもしれない。そのほうが人間くさくて信頼できる人物になれるのかもしれないが、自分の裁量で人生の居場所づくりをするのは難しくなるだろう。

「価値観」や「力」をめぐる状況が不安定になる中、「信頼」は最も価値の高い通貨になりつつある。お金よりも、知識よりも。AIシステムの透明性が欠けていて理解しづらいぶん、信頼性と誠実さが何より重視されるだろう。アルゴリズムが私たちの人生のより重要な部分を支えるようになるなら、マシンが私たちを公平に扱い、最高の人間になれるよう導いてくれる、と信じる必要がある。そして、それは結局、アルゴリズムを書く人たちと、彼らのクリエイティビティを支える倫理的な枠組み次第なのだ。

第2章
新たなパワー・バランス

❖善人すら見逃さない「社会監視システム」

そのユーチューブの場面は、とくに罪のないものに見える。人も車もいない通りを、白いスラックスに青とグレーのウインドブレーカー姿の中年女性が、赤信号を無視して渡っていく。だが、横断歩道のそばに掲げられたデジタル掲示板には、女性の名前がチカチカ明滅し、信号を無視する彼女の短い動画が流されていた。

このシステムはすでに中国の多くの都市に設置されており、この女性の情報と違反行為も当局に伝えられる。そのうち彼女には20元（約3ドル）の罰金が科され、社会信用スコアも減点されるだろう。間もなく携帯電話に、出廷を求めるインスタントメッセージが届くかもしれない。[4] すべては車や歩行者の事故を減らすキャンペーンの一環である（中国の少なくとも一都市は、歩道の縁石沿いに背の低い金属製のポールを何本か設置して、歩行者が赤信号を無視して車道に踏み出すや、ジャーと水を吹きかけている)。

さらに、監視は大都市の横断歩道をはるかに超えて広がっている。2017年12月までに、中国当局は国中の都市に約1億7000万台のカメラを設置した。各カメラはデータを入手すると、顔認識、歩行認識、脅威監視、その他さまざまな行動追跡を行うシステムに送っている。[5]

その結果が初めて世間に示されたのが、信号無視する歩行者を特定し、恥をかかせることだったのかもしれない。これは多発している交通事故死を減らす、市の取り組みである。当局によると、2017年4月から2018年2月にかけて、このシステムがとらえた信号無視をする歩行者の数は、深圳《しんせん》市だけで1万4000人ほどにのぼった。[6]

ただし、中国はすでに全国的な「社会信用システム」を構築する計画を発表している。その試験プログラムでは、監視と信用履歴を組み合わせ、よい行いをした人には見返りを与え、信号無視や請求書の未払いや、さらに深刻な違反をした人たちからは点数を引く。点数の低い市民は旅行や事業資金の借り入れ、娯楽を禁止される可能性がある。

試験プログラムを展開中のアリババ傘下の金融サービス会社「アント・フィナンシャル」のCEO、ルーシー・ペンは言った。**「このプログラムによって、社会の悪人たちは行き場を失いますが、善い人たちは障害なく自由に動けるようになるでしょう」**[7]

中国の共産党機関紙・人民日報傘下の国際情報紙『環球時報《グローバル・タイムズ》』によると、このプログラムは

２０１８年４月末までに、約１１１０万件の空の旅と約４３０万件の高速列車の旅を阻止した。[8] 信号無視した歩行者に恥をかかせたり、債務者の顔を掲示板で公開したり、違反者を漫画にして映画館でさらすこともある。

一方、ロサンゼルスで信号無視する歩行者を見ても、目をパチクリさせる人はいない。だが実は、ロスの警察当局は独自の最新式ＡＩシステムを使って、犯罪が起こりそうな場所や起こしそうな人物を割り出そうとしている。**ロサンゼルス市警の「予測警備システム」が、市民に点数をつけているのだ。**過去にギャングとのつながりや暴力犯罪があった場合は、５点が追加される。警官に呼び止められて、短い調査用紙に何かを書き込まれるたびに――たとえ信号を無視した程度でも――１点がプラスされる。ロスでは点数が高ければ高いほど厳しく調べられ、そのときにおそらく警官とのいざこざも増え、さらに調査用紙も増えて、スコアが追加される。

だが、中国の社会信用システムとの類似点は、スコアだけではない。テキサス大学オースティン校の社会学教授、サラ・ブレインは以前、ロス市警の内部で予測警備システムを研究していた。彼女によると、データベースには個人やコミュニティに関するめまいがするほどたくさんの情報が組み込まれている。地域の犯罪データから家族や友人のネットワーク、ピザ屋から入手した名前、住所、電話番号に至るまで、ありとあらゆる情報が。

ところが、ロス市警のシステムがどれほど多くのデータを活用し、警官がそれをどのように利用し、利用の制限がどんなにあいまいかを理解している市民はほとんどいない。制限があいまいなのは、強力な新技術の利用についての政策や判例がないからだ。

「アメリカには『不合理な捜索・押収』というものがありますよね」とブレインは言う。「捜査官が容疑者の領収書をあさったり、家族のやり取りやピザを買った記録を書面で調べることに対して、ほとんどの人は『正式な捜査だ』という印象を受けるでしょう」。ところが、当局がデジタルコピーに目を通して、同じ情報を得る場合は、はるかに制限のない状態でのぞき見ることができるのだ。「誰かの容疑をオンラインで調べて晴らすのと同じで、こっそりやれるのです」[9]

❖AIが健康と安全を守る

予測警備も社会信用システムも、AIを使った権力の乱用に対するありとあらゆる懸念を抱かせる。だからアメリカでも中国でも、市民はいくぶん抵抗を示している。**適切な歯止めがなければ、「思考機械」は企業や政府が市民を操る力になりかねない。**

だが同時に、予測警備や社会信用システムを支える認識機械《コグニティブ・マシン》の分析・予測能力は、町の安全を守り、財政的な信用スコアのシステムがない国に、財政的な信用を築いてくれる。

AIはまた、糖尿病患者をより健康的なライフスタイルに導いたり、薬物依存症の再発率を低下させたりする力にもなる。あるいは、複雑な大気の問題に対処し、既存の気候変動シミュレーションを補強することで、人間の活動が環境に及ぼす危険やそれを軽減する方法を人々に理解させたりもできる。

また、ＡＩが森林破壊や違法伐採を減らす助けになることは、非営利のスタートアップ「レインフォレスト・コネクション」が実証済みだ。同社は「ガーディアン」という太陽光発電のスマートフォンを木々に設置し、森林を監視している。地元の携帯電話ネットワークを通じてクラウド上のＡＩシステムに音声を送ると、ＡＩが、木が切り倒される音を特定し、地元に警告するのだ。[10]

ＡＩは、日常生活を停滞させる退屈な作業を減らしてくれる。デニス・モーテンセンは２０１３年、前年のカレンダーを見返して、自分がいくつ会議の予定を立てたのか確認してみた。すると、合計１０１９回もの会議を設定し、その後６７２回も日時の変更をしていた。

「ぼくは45歳で20年ほど働いているけど、次の20年間もまた受信ボックスのそばに座ってメールのピンポンをするなんて、現実的だとは思えない」と語る彼は、「x.ai（エックス・ドット・エーアイ）」というスタートアップを立ち上げた。そして、人間の代わりに会議の予定を決めるＡＩスケジューリング・アシスタントを開発した。それを使って本書のインタビューのセッティングもしてくれたが、とてもスムーズだった。「この作業に目を向ければ向けるほど、そもそも人がすべき仕事ではない、と気づいたんだ。でも、こういった作業を、ぼくらはたくさんしていいますよね」。退屈な作業を自動化し、人間のポテンシャルを活かすすべを見つけることが、「人が前進できるただ一つの方法だ」と彼は言う。

さらに高度なAIシステムが急速に普及すれば、日常の退屈な作業や環境への脅威、町の危険といった問題をうまく管理できるようになるだろう。

ただし、システムが度を超えて、個人の主体性や生活を脅かす可能性もある。これから始まる思考機械の時代には、新たなパワー・バランスが国、企業、人々、マシンの間に生まれるだろう。すでに、AIの2大超大国であるアメリカと中国が垣間見せてくれている。今後、それぞれのパワー・バランスがどのように構築されていくのかを。

❖電子決済アプリによる中国の「人民格付け」制度

アリババの「芝麻信用《ジーマ・クレジット》」（別名「セサミ・クレジット」）は、いずれ国家の社会信用プログラムに発展することを期待され、導入された試験プログラムの一つだ。この取り組みは2015年1月、中央銀行である「中国人民銀行」が信用スコアの普及を目指し、民間企業8社にサービス開始の仮免許を与えてスタートした。

アメリカのピーターソン国際経済研究所によると、3年後、8社は事業の進展を主張したが、中国人民銀行はどの企業にも完全な認可は与えず、国民の半数以上が正式な金融機関から融資を受けられるだけの財務履歴を持たないままだった。[11] そういうわけで、国中に非公式な巨大融資ネットワークが残され、中国政府は市民がどれほどの負債を抱え、返済状況が改善しているのか悪化しているのかさえ把握していなかった。アメリカのような既存の信用格付けシステムの恩恵を受けられないため、政府は「微信《ウィーチャット》」や「アリペイ」などのアプリから電子商取引やソーシャルメディア、その他のオンライン・データを収集し、システムを構築しようとした。

ピーターソン国際経済研究所によると、こうしたサービスは財務面での信用だけでなく、個人の信用を表すようになった。たとえば、ジーマ・クレジットは財務データや個人データを幅広く集め、個人に350～950点の範囲で点数をつけている。オンライン・ショッピングの習慣や期日までに支払いをする能力に加え、年齢・性別・民族といった人口統計データやソーシャル・ネットワーク上の交友関係の情報まで収集される。

だから、28歳の妊婦は、バイクを買う18歳の男性よりも高く「格付け」されているかもしれない。ジーマ・クレジットで700点を持てば、かなり立派な人物とみなされるが、300点台だと社会的にさまざまな悪影響を被りかねない。たとえば、鉄道の一等車や飛行機での海外渡航を禁じられる、交流によってスコアに傷がつくのを恐れる知人から疎外される、といった具合に。

このサービスは結局、世界史上類を見ない規模の個人情報収集の取り組みとなった。これまでに約2億人の中国人が登録し、取引や人間関係の信頼度を採点されている。[12] しかも、「社会信用システム」が義務化される2020年を待たずして、この規模になった。

こうしたシステムに加え、さらに小規模の社会信用プログラムも、驚くほどさまざまなデータを収集している。購買や融資活動の前に、年齢、育児、ソーシャル・ネットワークといった要素ですでに差がついている。浙江《せっこう》省のある地域プログラムは、「近所の人が社会的なルールを破ったら、通報しよう」と呼びかけていた。「安全な浙江」というこのプログラムでは、**交通違反から家庭不和に至るまでどんなことでも通報すれば、高級コーヒー店での割引きなどの報酬をもらえた**。2016年8月にスタートし、翌年末には約500万人のユーザーを集めたが、「隣人から監視されるなんてイヤだ」「通報の仕返しが恐い」というほとんどの住民から、猛烈な抵抗を受けた。当局の一部からも「地域をダメにするのでは」と心配し、ためらう声が聞かれた[13]。

初期の取り組みの中には時折抵抗を受けるものもあったが、中国政府の社会信用システム構築への動きは、2018年も衰えることなく続いた。欧米の大手メディアはこのシステムを国民、とくに少数民族——たとえば、中国北西部の新疆《しんきょう》ウイグル自治区の主にイスラム教徒から成るトルコ系住民「ウイグル族」——を監視・支配する手段だと報じていた。報道によると、人を集めるような目立った活動をすると、点数を引かれる。地元警察は眼鏡型端末「スマートグラス」で、個人の身元を把握できる。スマートグラスが顔認識で市民を特定するので、逮捕につなげやすいのだ[14]。

だが、「こうしたテクノロジーが権利を侵害するのでは？」「政府がテクノロジーを使って国民の行動を操るのでは？」と欧米が懸念しても、中国人の間に不安は広がっていない。理由の一つは、スマート・テクノロジー使用の根底にある社会契約が、中国とほかの国とでは違うことだ。安定の名のもとに権力に服従する、長きにわたる儒教の伝統が、今なお幅をきかせているのだ。

そして、中国の多くの研究者、ＡＩ開発者、起業家がインタビューで語ったように、今日の中国人は先進技術の力や今後の恩恵に対してかなり楽観的だ。「過去40年ほどの中国の歴史を振り返れば……**変化を受け入れた人たちが誰よりも得をした**ことがわかります」と、バイドゥ社長でマイクロソフト・リサーチ・アジアの元トップ、張亜勤《チャン・ヤーチン》は言う。「しかも、政府の方針は一貫していますから、（テクノロジーの）変化に遅れて乗る人たちでさえ、勝ち組になれるのです」と。こうしてテクノロジーを受け入れている上に、「ＡＩの厄介な側面が現実になるとしても、遠い未来の話だ」と考えているから、中国の大手メディアも市民もマイナス面を議論することはほとんどない。

ただし、「世界の情報がよどみなく入ってくるようになれば、問題もすぐに世間の注目を集めるでしょう」と、マイクロソフト・リサーチ・アジアのトップ、洪小文《シャオウェン・ホン》は述べた。

こうして社会信用スコアという概念を受け入れている人たちにとっても、未解決の問題はある。一つは、「社会信用システムによって、新たな社会階級が生まれるのではないか」という専門家の懸念だ。格付けの高い人たちが、低い人たちを避けるようになるからだ。

さらに差し迫った問題もある。市民がスコアの間違いを正したいときや、異議を唱えたいときは、どうすればいいのだろう？

実はアメリカでさえ、エクスペリアン、トランスユニオン、エキファックスといった信用調査機関が寡占状態にあり、芳しくなかったり間違っていたりする信用スコアに対処する手段は不十分なのだ。実のところ、1年間に3回以上、自分の信用報告書のコピーを求めただけで減点される。ただし、アメリカのシステムが手続きが複雑で格付けシステムもあいまいなのとは対照的に、中国政府はそのアプローチと指針をオープンにしている。——汚職などの信頼に値しない行動パターンに対抗し、経済取引や個人間取引の信頼性を育てる、というのがそれだ。

それでも、「人権」という欧米のレンズを通して見れば、**AI搭載の社会信用システムが「デジタル・タトゥー」を刻むことになるのではないか、**という懸念はある。犯罪行為や金融活動だけでなく、人口統計学的な特性や人間関係の「小さなつまずき」まで詳しく調べ、数値化し、公表するというのだから。

今のところ参加は任意だが、中国政府はすでに請求書の支払いができない人や、好ましくない行動を取る人の旅行を制限している。当初の予定通り２０２０年にシステムが義務化されれば、中国15億人の経済生活や社会活動にどんな影響が出るのだろう? いつかある時点で、行きすぎたデジタル・コントロールが、安定を高めるどころか揺るがすような、思わぬ結果を招くかもしれない。

❖ＡＩが住民を「脅威レベル」で分類

２０１７年、英国ＢＢＣのジョン・サドワース記者が、中国当局がどれほど大規模な監視ネットワークを構築したかを明らかにしようと、中国警察のハイテク制御室を取材した。警察は、サドワースをデータベース上で一時的に容疑者としてマークすることに合意し、尾行をつけずに貴陽市の通りを歩かせた。サドワースが、自分がいつまで逮捕されずにいられるか調べ始めたところ、人口４３０万人を超える町で、警察に取り押さえられるまで、わずか7分だった。[15]

世界中の多くの国が、顔認識、歩行分析、音声分析などを行うＡＩ搭載のテクノロジーを配備し、人々を監視し始めている。中国では人々の大半が監視の広がりを予測し、とくに気に留めていない様子だが、アメリカの大都市の多くで、ＡＩを使った監視がどれほど私的なところまで、どれほどしっかりと行われているかに気づいている人はほとんどいない。

たとえば、**ロサンゼルスの一部では、街頭カメラが、犯罪の発生時に近くにいた人々の顔をとらえ、罪もない通行人をシステムに入力している。**一度でも犯罪に出くわした人は、システム上でスコアが上がり、警察の関心を引きやすくなる。

こうした関連付けは捜査の役には立つのだろうが、厄介な状況を引き起こしかねない。カリフォルニア州フレズノのある事例では、当局のＡＩシステムが、ソーシャルメディアの投稿やショッピングの記録に基づいて住民を「脅威レベル」で分類していた。アメリカ自由人権協会（ACLU）の弁護士、マット・ケーグルは、カリフォルニア州議会の委員会公聴会で、こう述べている。「ある市議会議員は、自分が『高度の脅威』に分類されていると気づきましたが、何を根拠にそうなったのか解明できませんでした。そのシステムの使用を管理する規則もありません」。明確なガイドラインも規則もないので、当局に記録を消すよう求めるすべもないという。

ロサンゼルスやニューヨークシティの住民でこうしたテクノロジーに抵抗する人がほとんどいないのは、予測警備システムの導入が事前にコミュニティに伝えられたわけでも、公に議論されたわけでもないからだ。[16]

ハイテクに強い犯罪者に、警察が「このたび捜査能力が上がりましてね……」などと耳打ちしたくないのもわかる。実際、カリフォルニア州警察署長協会のジョナサン・フェルドマンは、公聴会でこう語っている。「犯罪者を含む世間の人たちがすでにこうしたテクノロジーを手にしている状況で、警察がそれと同等かそれ以上のツールを使って証拠集めができなかったら、一体どうやって市民の安全を守ればいいのでしょう？　しかも、警察がしていることをすべて公に議論したら、悪人に捜査をかいくぐる方法を知られてしまいます」と。[17]

しかし警察内部にも、オープンにすべきか否かの葛藤がある。警察には「大規模な監視について世の中に知ってほしい」という思いもある。それが犯罪の抑止力になるからだ。サラ・ブレイン教授は言う。「そうすれば、町にいる連中に伝えられるからです。『おい、お前たちを監視してるぞ。お前が誰で、関係者が誰で、どこに出入りしていて、最近何をしてるのか知ってるんだ。すでに目をつけているんだから、違法なことはするなよ』と。介入する必要がない――それ以上に効率的な仕組みはありません」

抑止力は、かってないほど「賢い《スマートな》」デジタルテクノロジーが、広がりもスキルも匿名性も同時に与えてしまう時代には、とくに重要だ。携帯電話が1台あれば、誰でも高度なデジタルツールを使って、他人に風評被害や物的被害を加えられる。こうした環境のもとでは、警察には追跡能力だけでなく、犯行を未然に防ぐ能力が求められる。

アメリカ人は「制限のない監視」という概念を軽蔑するかもしれないが、連邦の諸機関がテロにつながる十分な証拠を得ながら点と点とを結べず、組織を超えた情報の共有もできず、9・11のテロ攻撃を防げなかった事実には、さらにいら立ちを覚えているはずだ。

❖高級住宅地では家庭内暴力は起こらない？

予測警備のおかげで礼儀正しいコミュニティができれば、町はビジネスや観光にふさわしい雰囲気になり、客足も伸びて日常生活も円滑になるだろう。個人の財産や幸せを守ることで、地域への投資が増え、ファミリー層を守り、学校やコミュニティ施設を支えるような富が築かれる。

予測警備がもたらすこうした成果は、「トリクルダウン」（訳注：富裕層がまず豊かになることで、富が貧困層まで行き渡ること）ならぬ「トリクルアップ」型の町づくりと言えそうだ。ただし、トリクルアップで町が一気に高級化すると、よろしくないデジタル・プロフィールを持つ人や社会経済的地位の低い人たちが疎外され、住めなくなる恐れもある。ＡＩをはじめとした先進テクノロジーを都市・社会開発政策に組み込むなら、組み込み方をよく考える必要がある。でないと、イノベーションが既存の問題を増幅させてしまう。

ブレイン教授によると、ロス市警の予測警備イニシアティブは、同じような事件に対しても、相手によって警察の対応が変わる、という事態をすでに引き起こしている。警察は、ギャングや犯罪の多い地域で家庭内暴力の通報を受けると、おおむね過敏に反応していた。ところが、裕福な地域の一軒家に住む、データベース上も好ましい属性を持つ人からの同じような通報には、「最近離婚や失業でもしたのだろうか？」などと気遣い、処罰のためではなく「サービスの配達」でもするかのような姿勢で臨んでいた。

ＡＣＬＵなどの人権団体がＡＩを活用した予測警備に反発し始めてはいるものの、システムの運用方法や、コミュニティがどんな価値観をシステムに教え込みたいのかについての議論は、まるで進んでいない。犯罪を減らすためにつくられたシステムが、偏見を助長することもあれば、マイノリティへの固定観念を打ち砕くデータベースを生むこともある。

実のところ、予測分析もＡＩも対話《インタラクティブ》型ロボティクスもすでに個人や政府、企業にとって欠かせないツールとなっている。だが、私たちの生活やコミュニティをさらによくしたいなら、テクノロジーをコミュニティが共有する価値観の中で運用していく必要がある。また、マシンの予測能力とその影響を被る人たちとのバランスを考えることも大切だし、新たに信頼を構築していく必要もある。**信頼こそが社会で最も重要な通貨であることを、忘れてはならない。**とはいえ残念ながら、AIが社会のパワー・バランスに及ぼす影響についての議論は、テクノロジーの進歩に大きく後れを取っているのが現実だ。

❖アザラシ型ロボットが実現した「不信の一時停止」

信頼について、別の視点から考察してみよう。

日本が開発したセラピー用のアザラシ型ロボット「パロ」とユーザーを密接に結びつけるのは、パロのかわいらしさかもしれないが、両者の絆をたしかなものにしているのは、そのさりげないデザイン・タッチだ。柔らかな白い毛の下に、バルーンに入った触覚センサーが埋め込まれているので、ユーザーは硬さを感じずに済む。パロの黒く大きな瞳は、部屋中の動きを追いかける。構ってもらうと、足を動かしたりクーンと喉を鳴らしたりする。触られると姿勢を変え、なでられているのか、乱暴に扱われているのかがわかる。充電のときですら、電源コードではなくおしゃぶりを吸っているように見える。

この愛くるしさにそぐわない徹底的な研究開発のおかげで、パロは高齢者を支える介護者の強力な助っ人になった。とくに認知症やアルツハイマー病を患うお年寄りの役に立っている。日本の「産業技術総合研究所（AIST）」主任研究員の柴田崇徳が開発した、パロを支える人工知能は、人との交流や周囲の状況に合わせて行動を調整できる。パロは自分の名前やユーザーがよく使う言葉に反応し、長く構ってもらえないとクークーと鳴き始める。

このかわいらしさと優れた機能のおかげで、パロは物忘れをした高齢者をなだめる介護者を助け、コミュニケーションを手伝うなど、素晴らしい能力を発揮している。2008年にパロの効果を実証する研究結果が出ると、「デンマーク技術研究所」は、同国内のすべての高齢者施設にパロの購入を勧めた。[18] 2004年の導入以来、何千体ものパロが日本、ヨーロッパ、アメリカなどの高齢者施設で使用されてきた。2011年に日本が地震と巨大な津波に襲われた直後には、パロは福島県の高齢者施設に寄贈され、被災したお年寄りを落ち着かせるのにも一役買った。[19]

愛くるしい上に優れもののパロだが、実はパロの有効性は「不信の一時停止」（訳注：虚構だと知りながら、一時的に真実だと受け入れて楽しむ）という人間の能力によるところが大きい。柴田のチームはパロを、いわゆる「不気味の谷」——実物そっくりなロボットが急に不気味に見え始める現象——に陥らない程度にリアルにつくった。だから、パロの体重は赤ん坊と同じ2700グラムほどだが、人々がペットとしてなじんでいるぶん、違和感を覚えやすい犬やネコではなく、わざとアザラシにした。[20] 本物のアザラシでないことはわかるが、幸せな気持ちになれて、深く触れ合える程度にリアルにつくっている。

南カリフォルニア大学のコンピューター科学・心理学の教授、ジョナサン・グラッチの研究によると、人は最初から対話型ロボットやAIシステムにある程度の共感を覚え、社会的存在であるかのように扱う。そしてマシンが感情を示せば示すほど、ユーザーも強く反応し、絆を深める。ただし、マシンを信頼しすぎるあまり、**マシンが機能を発揮しなかったり、期待通りの反応を示さなかったりすると、裏切られたような気持ちになる**。「でも、マシンがそれをきちんと認識して向上すれば、大きな力を発揮します。ルールに従っているわけですから」とグラッチは言う。要するに、人はそのとき「不信の一時停止」をさらに延長するのだ。

倫理学者たちはそこに、いくぶん懸念を示している。当初はパロに対しても、「患者を惑わせたり、操ったりするのでは？」と心配していた。

だが、人生を見渡すと、害のない虚構の例はいくらでもある。私たちはわが子にサンタクロースの話をするし、映画や舞台、小説も大いに楽しんでいる。その姿勢で、テクノロジーとも交流しているだけ。――こうして私たちは、日々メリットを享受するのと引き換えに、マシンの不完全さに対して「不信の一時停止」をして、ますます多くの知的な作業を、とても完璧とは言えない存在に喜んで引き渡している。

いずれ一歩離れて見たとき、自分の人生の混乱と可能性がどれほど大きく広がっているかに、ハッとするかもしれない。私たちがマシンに、人間の心身を深く理解することを許してきたせいで、マシンは私たちの人生にいっそうさりげなく力を振るえるようになった。それは高齢者のストレスをやわらげるような多大な恩恵ももたらしてくれるが、意図した以上にマシンに手綱を奪われるリスクもはらんでいる。

❖AIの課題は「因果関係の理解」

アメリカ国内で1年間に、お勧めの映画についての会話はどれくらい交わされているのだろう？　友達は、映画やレストランや商品を勧めてくれる。友達のアドバイスに価値があるのは、あなたがその人をよく知っているからだ。信頼できる人かどうかもプロフィールも承知しているし、そのトピックへの知識や偏見があるかないかもわかる。相手がただの同僚ならそうはいかないし、ろくに知らない相手なら、情報の信頼性は限りなくゼロに近くなる。

ただしソーシャル・ネットワークは、理屈の上では信頼できる気がする。そのアドバイスは何百万人、何億人を分析して生まれたものなのだから。

しかし、集合データから導いた結果を個人に当てはめるアルゴリズムは、多くの人の相関関係に基づく確率を示しているだけで、あなたの個性に合わせた情報ではない。あなたがある映画を観たくない理由も、前回のアドバイスを聞き入れてから、好みが変わってしまった理由も、アルゴリズムにはわからない。わかるためには、人生のある出来事が別の出来事を引き起こす「因果関係」を理解していなくてはならないが、２０１８年の機械学習システムには、それがうまくできない。**因果関係――世の中がなぜ、どのように動くのかを理解するのに欠かせない要素――を理解できて初めて、ＡＩシステムは次のレベルに移行できる**のかもしれない。

今後は人間が常に最新情報を得て、ＡＩと手を結ぶこと――人間の価値観や知恵をＡＩシステムに組み込むこと――で人間に力を与えることが、より豊かで、より価値のある、より強力な認識力を生み出すことにつながるのではないだろうか。

私たちは、多くの判断を巨大インターネット企業のアルゴリズムに委ねることを選択してきた。これは信頼あふれる「あらゆるものがつながる世界《ハイパーコネクテッド・ワールド》」への第一歩のようにも感じられるが、力の悪用を招く恐れもある。企業が「ターゲット」の状態を観察し、与える情報を絶えず調整できるような「閉じた輪」の中には、大きな危険が潜んでいる。

とはいえ、人が自分の人生を築き、周りの人たちに影響を及ぼし、自分の道を選ぶ能力こそが、一人一人のパワーの源であることに変わりはない。結局、私たちの認識力と、私たちが他人の認識力に影響を及ぼす力自体が、ある種のパワーなのだ。

次世代の人工知能によって、私たちは巨大ＡＩ企業にすべてを知られることになるのだろうが、同時に人工知能は、私たちの主体性と権限をはぐくみ、行使する助けにもなってくれるだろう。

もう後戻りすることはできない。認識機械はすでに、人間の認識、意識、選択を方向付けている。マシンは「人生をシンプルにしたい」「時間に追われたくない」という私たちの願いを糧に、大きく育っている。これは私たちが便利さや楽しみと引き換えに、喜んで与えてきた力だが、知識や同意なしに奪われてきた力でもある。

今後10年、20年と、テクノロジーのポテンシャルを上手に活かしたいなら、私たちは今ここでパワー・バランスを構築し直さなくてはいけない。それは今のところまだ、マシンではなく私たちの選択次第だ。

❖現実世界とデジタルをつなぐ学習法

人間と認識機械と現実の環境をダイナミックに相互作用させることで、学習体験の環境を変えられたら、世界中の教育は大きく改善されるだろう。アップル社の元チーフ・サイエンティストで、「ＥＦエデュケーションファースト」社のＣＸＯ（最高体験責任者）である大前エニオは、ＡＩシステムを使って、中国人の生徒に英語学習にふさわしい環境を提供している。大前の幼い息子は、ポルトガル語、日本語、英語、ドイツ語という4ヵ国語に親しむ環境で育っている。「息子の脳が、生理学的に特別なわけではありません」と彼は言う。つまり、同じ環境に置かれたら、ほとんどの子どもが息子と同じ能力を身に着ける——と言いたいのだ。彼の息子は、ただ環境から――父親からポルトガル語を、母親から日本語を、学校でドイツ語と英語を――習得しているにすぎない。中国で彼と同じ経験をしている子どもはほとんどいない。「重要なのはテクノロジーではありません。人が言語を学ぶのにふさわしい、有意義かつ効果的な方法で、言語に触れる必要があるのです」と大前は語る。

そしてそこが、AIシステムと人間の生徒とその子の環境が、相互に作用し合える場所なのだ。EFエデュケーションファーストは、現実世界とデジタル世界をつなぐシステムを開発している。2018年前半に、機械学習と画像認識のさまざまな技術を使って、同社はあるプログラムを中国に導入した。それは、英語のレッスンと子どもの生活の人的要素を融合させ、幼いユーザーの生活により深く浸透するよう設計されたプログラムだ。同社は今、小さなロボット型ペットの特許を申請中だ。このペットは、生徒の周りで今何が起こっているかを認識し、その状況に合う英語のレッスンを提供する。つまり、時間帯や過去の行動、現在の状況に応じて――たとえば、就寝前のお決まりの行動にまつわる言葉を使って――子どもとやり取りを始めるだろう。そう、歯みがきに関するフレーズを使ったり、「おやすみ」のあいさつをしたり、子守唄を歌ったり、本を読み聞かせたりするのだ。「私たちは、状況にぴったりな英語を使って、子どもたちの生活に浸透しつつあります」と大前は説明する。「このプログラムのよいところは、知らず知らずのうちに英語学習をちょっぴり楽しいものにできること。それから、親御さんが子どものやるべきことやルールを設定するお手伝いをすることで、親御さんも巻き込めることです」

ただし、このペットさえいれば事足りる、というわけではない。ＥＦエデュケーションファーストは、ペットと子どもと親と環境の「共生エコシステム」を生み出すプログラムで、ペットを補強している。親も祖父母も先生たちも、この相互作用で何らかの役割を果たし、コンテンツの推進役を担うことも多い。これは機器と、周囲のサポートと、人間とマシンのエコシステムを組み合わせたプログラムなのだ。同社の事務管理部門《バックオフィス》のＡＩシステムは、子どもたちが何に耳を傾け、先生たちが何を言っているのかを追跡できる。こうして何千人もの生徒を追跡することで、よりよいアプローチを特定できるのだ。おかげでＥＦエデュケーションファーストは、オンラインの教育プログラムにありがちなハードルを克服できている。それは、契約者は多くても、最後までやり遂げる人がほとんどいない、という問題だ。「私たちは、ＡＩが提供する物理的な力（触れ合い）、デジタルな力、処理能力を組み合わせることで、ユーザーが夢中になれるような体験を生み出せるのです」と大前は言う。「16歳の若者をフランスに送れば、見違えるようになって帰ってきます。私がこの会社に心を奪われたのは、そうした変革を起こす体験を提供できるからです」

❖「感情知能」と信頼関係を築くには？

スタンフォード大学の臨床心理学者、アリソン・ダーシーが開発した「Woebot《ウォーボット》」はＡＩ搭載のチャットボット（訳注：テキストや音声で会話をする自動会話プログラム）で、心理療法サービスを提供している。

ユーザーの多くは若い成人で、それなりに深い会話ができるウォーボットに愛着を覚え、絆を深めていくのだが、その理由の一つは彼らがとても「寂しい」ことだ。「人が集まる場所にいても孤独を感じる」と答えるユーザーが多いという。彼らはスマホのアプリがくれる、5～10分ほどの「内省の時間」を楽しんでいる。

だが、ウォーボットはもちろん、プロのセラピストの代わりにはならない。1日1回、絵文字やジョークを交えた気さくなやりとりをしてくれるだけだ。ただし、あなたが「落ち込んでる」と書き込めば、さっと共感モードに変わって、「認知行動療法」の実践に入る。認知行動療法とは、「人を苦しめるのは起こった出来事ではなく、その人が自分自身をどうとらえ、起きた出来事にどんな意味付けをするかだ」という考え方に基づいている。だから、落ち込みの根本原因を治療するには、本人が積極的に参加し、考え方を合理的な思考に改める努力が必要だ。その継続がなかなか難しいのだが、ウォーボットという〝コーチ〟がいれば、毎日忘れずに取り組める。

ウォーボットには2つの利点がある。

一つは、いつでも使えること。深夜のパニック発作にも対応できるし、緊急事態も認識できるので、自殺防止の実績を持つ別のアプリを勧めてくれたりもする。

もう一つは、ユーザーとの絆が深く、セラピーが継続されやすいこと。ただし開発者たちは、ウォーボットを人間のようにリアルな存在にはしないよう気をつけた。あくまでも治療用チャットボットとして、ユーザーとの距離を保つように設計されている。よい精神科医が行動規範を守り、患者との適切な距離を心がけるように。

ロボットとユーザーの信頼・共感関係は、心の問題に取り組むのに効果的だと判明している。

「Sim Sensei（シム先生）」や「ＥＬＩＺＡ《イライザ》」といったほかのチャットボットも、ＰＴＳＤ（心的外傷後ストレス障がい）に苦しむアメリカ兵に心理療法を提供して効果を上げている。セラピストに会うのは億劫《おっくう》だ、メンタルクリニックには行きにくい、という人たちにはとくに役立つ。

カーネギーメロン大学から生まれたスタートアップ「Behavior《ビヘイビア》」も、ＡＩと人間が協力してアメリカ社会に巣くう「麻薬性鎮痛薬中毒《オピオイド》」に対処できないか、と考えている。同社は、依存症患者の再発を防ぐアプリ「ビヘイビア」を開発中だ。ビヘイビアは、身に着けるタイプのフィットネス機器や携帯電話と連携し、ユーザーのさまざまな要素を測定して、再発の兆しを検知する。たとえば、ストレスが高まる、かつて薬物を購入した土地を訪れる、などの兆候が表れると、ユーザーがあらかじめ設定した〝介入〟が行われる。薬物でやつれた自分の写真、音楽、わが子の写真やメッセージ、回復施設の身元引受人への連絡など、人それぞれの〝介入手段〟が設定できる。

依存症の再発率は、一般の人が考えるよりはるかに高く、治療が定着するまでに6〜7回ぶり返すことも珍しくない。ビヘイビアは治療センターで好評を博しており、開発者たちは将来的には保険の適用も視野に入れている。ビヘイビアのAIシステムは今のところ、再発をにおわせる行動パターンやデータを見つける役目を果たすものだが、いずれはリアルタイムで介入し、再発をその場で防ぐ技術に成長するかもしれない。

今後は「モノのインターネット（IoT）」がさらに進んで、ありとあらゆる機器にセンサーが付き、処理能力が高まって、私たちのデータがすべてクラウドに送り返されるようになるだろう。そうなれば、ネットワーク全体を運営・管理する企業が、私たちの「生活パターン」をつぶさに把握できるようになる。

すると、ネットワークのAIシステムが私たちの代わりに、さらに細かい判断を下し始める。目的地へのルートを選び、予定を自動調整し、レストランの予約をし、冷蔵庫の中身を補充し、パートナーが喜びそうな記念日の贈り物を選ぶ。未来のBMWの空調システムは、家のサーモスタットに「ご主人はちょっぴり寒気を感じている」と知らせてくれて、家に帰ると室温はほどよく暖まっているかもしれない。トイレが冷蔵庫に「もっと野菜を注文して」と伝えてくれたおかげで、必要な食物繊維やビタミンが摂れるかもしれない。スマホの顔・音声認識ソフトが家のステレオに、あなたの気分にぴったりの曲を奏でるよう、指示してくれることだろう。

そうなれば楽しく手間なく暮らせるかもしれないが、気味の悪さも感じるはずだ。マシンは、人がどの判断をマシンに任せ、どの判断を自分で下したいのかを学ぶ必要があるし、それが人それぞれに違うことも知らなくてはならない。

そうした試行錯誤の中で、人とマシンの関係が不安定になる時期もあるだろう。たとえば愛車が、そつなく自動運転できてはいるが、あなたの好みに合わない走り方をしたら？　おそらく私たちのほうが、手綱を放すことに慣れなくてはいけないだろう。歴史に学ぶなら、人はいずれ、自分たちが権限を委ねたシステムを信頼するほかなくなる。それによってすべては、豊かに美しく回り始めるだろう。

ただし、２０１６年のアメリカ大統領選のあとにフェイスブックを直撃したスキャンダル——選挙コンサルティング会社「ケンブリッジ・アナリティカ」が、フェイスブックから個人情報を入手して不適切に利用した事件——が教えてくれるのは、**システム全体を管理する人たちが信頼に足る人間でなくてはならない、ということ。**とはいえ、舞台裏や遠く離れたデータセンターの誠実さ、公正さ、公平さを、一体誰が、何が監視するというのだろうか。

❖もしも人間とアルファゼロがペアを組んだなら？

「システム全体の管理者が信頼に足る人物でなくてはならない」とは、システムそのものに信頼や力を委ねるわけにはいかないということでもある。

そもそも、チェスのグランドマスター（訳注：チェス選手の最高位のタイトル。国際チェス連盟よりトップレベルのプレイヤーに付与される）であるパトリック・ウルフが、1980年代後半に順位を上げ始めた頃は、コンピューターが人間を破るなんてSFの世界の話だった。当時最高のコンピューター・ゲーム「サーゴン」も、上級者にとってはお笑い種。選手の情報源はもっぱら雑誌やクチコミで、みんな試合の分析結果はノートに記していた。それが1987年くらいから、プロ選手はデータベースに頼り始め、数年後にはグランドマスターはノートパソコンを持ち歩くようになった。グランドマスター全員の試合の記録、自分の試合のデータ、メモなどをデジタル管理するようになったのだ。

1992年にウルフが全米チェス選手権で初優勝し、3年後に2度目のタイトルを獲得する頃になると、コンピューター・プログラムは、世界一の選手でさえ一目置くほどに進化していた。グランドマスターたちはまだ楽にコンピューターを打ち負かしてはいたが、今後敵の処理能力が伸び続け、ゲームソフトが進化し続けるのは明白だった。ウルフは言う。「私を含め、グランドマスターたちの目には明らかでした。もはや時間の問題だと」

1997年5月、ついにその時がやってきた。IBMのスーパーコンピューター「ディープ・ブルー」がチェスの世界チャンピオン、ガルリ・カスパロフを破ったのだ。これは歴史的瞬間だった。21世紀に入ると、市販のチェス・プログラムが世界の一流選手を破ることも珍しくなくなり、それから10年もたつと、**グランドマスターたちと「共生関係」をはぐくみ始めた。**

そのうち、チェス、将棋、囲碁で対戦できるディープマインド社の最強プログラム「アルファゼロ」が登場。グランドマスターたちは、人間よりソフトウェアのほうが処理能力は高いことを承知していたので、このパワフルなデジタルツールを試合の改善に活用することを学んだ。アルファゼロは、ルールさえ教えれば自己対戦を繰り返す、「強化学習」を通して腕を磨く。チェス・プレイヤーの実力を示すのに使われる「イロ・レーティング」の最高得点は、3600点前後だ（以前は2900点ほどだったが、コンピューターによって点数が押し上げられた）。現在の世界王者、カールセンの得点は2840点ほど。アルファゼロは3500点前後で安定している。

ただし、ウルフのリサーチによると、アルファゼロは計算能力や認識力は素晴らしいが、グランドマスターたちが生まれ持っている、試合を概念的に理解する能力が欠けている。4桁の計算はすばやくできても、ポジションを思い描いたり、言語化することができないのだ。一方、人はチェスボードを見ると、イメージがわく。たとえアルファゼロのスキルに圧倒されていても、勝利につながるセオリーや方法が見えるのだという。

そんな人間の能力とアルファゼロのスキルを組み合わせたら、何が起こるのだろう？

ウルフによると、最近はグランドマスターの多くは、「アドバンスト・チェス」あるいは「ケンタウロス・チェス」で戦っている。つまり、**人間とマシンのペアが、互いに競い合うのだ。**「このコンビネーションは、最高の結果を生んでいます」と、すでにプロの世界から引退したウルフは言う。試合のクオリティに、「まるで神々の試合を見ているようだ」と感嘆している。

❖共生知能から「多様性《マルチプリシティ》」へ

「共生知能」とは、人間、自然、コンピューター、といったさまざまな形態の知能が共存し、統合された状態をいう。その共創のパートナーシップにより、あらゆる側に恩恵がもたらされるのだ。共生知能は、それぞれの知能が単体では享受できなかった恩恵をもたらしてくれる。新たなパートナーシップにより、それぞれの力を足し上げた以上の結果が生まれるからだ。

アーティスト兼ロボット研究者のケン・ゴールドバーグは、カリフォルニア大学バークレー校で研究所を率いているが、「共生知能」とよく似た「多様性《マルチプリシティ》」という考え方を打ち出している。これは「技術的特異点《シンギュラリティ》」――コンピューターがいずれ人間の知能をはるかに超えるという仮説――に代わる、共生をベースにした考え方だ。ゴールドバーグが謳う「マルチプリシティ」は、**AIが人間の思考に取って代わるのではなく、人間の思考を多様化してくれる可能性**を強調している。[21]「重要な問いは、いつマシンが人間の知能を上回るか、ではなく、人間がいかに新たなやり方でマシンと協力できるか、です」と、彼は『ウォール・ストリート・ジャーナル』紙の論説ページで述べている。「**マルチプリシティとは、闘争ではなく協力を意味しています。**この新たな領域は、世界の労働者の意欲をそぐのではなく、彼らに力を与える可能性があるのです」

この認知的世界の中でさえ、人間と自然とマシンの知能は、それぞれにユニークな進化を遂げたために、異なる能力を発揮している。たとえば、人間の脳は類を見ないエネルギー効率でデータを処理し、身体の動きの複雑なバランスを取る。何百万年もの進化と「遺伝子情報」のおかげで、人間は手で物体を巧みに操るという極めて複雑な能力を持つに至った。同じことをロボットで再現しようとすれば、膨大な計算能力とリサーチが必要になる上に、人間の幅広い処理能力と機能には、遠く及ばない。

たとえば、時速２４０キロのサーブを打ち返すプロテニス選手を思い描いてほしい。スタンフォード大学の人文学・科学・神経生物学教授のリチェン・ルオによると、脳内で何千という相互接続が起こることで、選手はボールのすばやい動きに気づき、対処することができる。即座に軌道を見極め、足も胴体も肩もひじも手首も手も一斉に動かして、サーブを打ち返す態勢を取る。[22]「このとてつもない並列戦略が取れるのは、各神経細胞《ニューロン》がほかの多くのニューロンからインプットを受け取り、自らもアウトプットを送る——哺乳類のニューロンの場合、インプットとアウトプットはいずれも平均で１０００ほどにのぼる——からだ」とルオは書いている。「一方、各（コンピューター）トランジスタには、インプットとアウトプット用のノードが合計で３つしかない」と。人間の身体が、今のところほとんどの動物やロボットには難しい、多機能な器用さを発揮できているのは、そういう理由からだ。

人間の脳は、恐ろしく効率がよい。「人間の脳が消費しているエネルギーは、約20ワット。アイパッドの充電器で供給する電力の2倍ほどです」と説明するのは、「プライマーＡＩ」のＣＥ

0であるショーン・ゴーリーだ。[23] 同社は読み書きのできるマシンを製造している。今日の高性能のコンピューターは、人間の脳よりはるかに多くのエネルギーを消費するが、段階的に処理していくスピードが速い上に並列処理能力もある。そのためチェスや囲碁のような比較的新しい試みや、画像処理、意思決定、テキスト認識のようなさまざまな作業で、人間を優に上回っている。

おそらく人間が抱える最も厳しい制約は、次元だ。私たちは3次元で四苦八苦しているが、コンピューターは常に何千次元にも対応している。多くのアプリケーションについて言えば、コンピューターの恐るべき処理速度が、必要とされている力を発揮している。「だから今日では、ウォール街の売買を人間にではなくコンピューターにさせているのです」とゴーリーは言う。彼は「戦争の数理学」をアメリカ政府にアドバイスしている人物だ。「トレーディングは、意思決定のためのベクトルが少ない特化型の作業で、そこでは経済・金融の指標を処理するスピードが重視されます。だから、コンピューターの特化型の知能に向いているのです。人間の脳はもう少し包括的《ホリスティック》ですが、スピードはかなり遅めです」と。

人間とマシンの能力の違いが、どのようなマルチプリシティを生み出すかの鍵を握ることになるだろう。

第3章
「より賢《スマート》な世界」のトップランナー

❖シリコンバレー育ちの自動運転車が中国で疾走する日

佟顕喬《トン・シェンチャオ》はシリコンバレーで眠っていても、夢の中では中国・深圳市の道路をドライブしている。

佟は、「深圳星行科技（ロードスター・ＡＩ）」というまだ若い企業を率いている。とても魅力的だがアメリカではあまり知られていない、自動運転車のスタートアップだ。

この会社は２０１７年5月に、グーグル、テスラ、アップル、エヌビディア、バイドゥといった企業で自動運転の研究に携わった3人のエンジニアによって設立された。同社は２０２０年までに深圳市の大半に無人タクシーを導入する、という野心的な計画を立てている。

「早ければ２０１８年末には、初の『ロボタクシー』を走らせる予定です。ただし、バックアップとして人間を搭乗させますがね。その2年後には人間を降ろして、自動処理できない状況では、リモート・オペレーション・センターから操縦します」と佟は言う。すでに、遠隔ドライバーと乗客双方のユーザー体験をどのように設計するか、考え中である。

自動運転技術をめぐる熾烈な競争や、中国系住民が設立したアメリカ企業だけに地政学的な問題も抱えてはいるが、佟はロードスター・AIのビジョンや見通しをオープンに語る。秘伝ソースのレシピはもちろん明かさないが、同社のプラットフォームのデータ処理の力で、いかに待ち時間が短縮され、街並みの中で車や自転車をより正確に確認できるか、喜んで話してくれる。

佟が自由に話すのは、競合他社と違って、2つの世界の恩恵を思いきり受けているからだ。そう、アメリカで一流の人材を手に入れ、中国では政府の支援とインフラ整備に支えられている。「中国でも自動運転技術のエンジニアは採用できますが、トップクラスの人間がほしいなら、アメリカに来るしかありません」と佟は言う。ただし「いずれその状況は変わる」と確信している。中央・地方政府から何十億ドルもの支援を受けた学術機関や民間企業が、専門知識や技術を磨いているからだ。だが今のところロードスター・AIは、世界のハイテク中心地の人材に支えられている。

むろん、アメリカ人や中国人にとっては、おなじみの話だ。ウェイモもテスラも老舗の自動車メーカーも、北カリフォルニアで大きな存在感を示し、優秀な開発者を求めてしのぎを削っている。一流の人材をめぐるバトルの中には、法廷までなだれ込むものもある。

そして、**多くの中国企業がアメリカでビジネスを立ち上げ、新たなAI研究所をつくり、アメリカの大学や企業から人材を集めている。**アリババは、先端技術研究機関「達摩院《ダモ》」に150億ドルの投資を始めたとされる。[24] 達摩院はハイテク中心地である杭州、北京、シンガポール、モスクワ、テルアビブ、シリコンバレー、シアトルの7つの研究所で構成される。アリババのCTO（最高技術責任者）、張建鋒《チャン・ジェンホン》が率いるこの共同プロジェクトには、カリフォルニア大学バークレー校のRISE研究所をはじめ、MIT、プリンストン、ハーバードなどアメリカの一流大学が参画する予定だ。

だが、ロードスター・AIを際立たせているのは、やはり中国とのつながりだろう。

創業者たちは最近、ロボタクシー・サービスを開発・運営する国内企業を立ち上げた。「車が完全に自動化されたら、中国政府はその技術や車を管理しなくてはなりません」と佟は言う。「中国が望む形で事業を進めたいなら、プロジェクトに取り組むのは中国系の人間か中国人でなくてはなりません。そこが私たちの大きな強みです」。事業がスタートしたら、ロードスター・AIは政府と仕事ができる。政府は理解があって、自動運転車に必要な状況を速やかに整えてくれる。

たとえば、杭州市はすでに「シティブレイン」という計画に着手し始めている。人口900万人以上を擁する杭州市の政府は、フォックスコンやアリババなどの巨大ハイテク企業と共同で市のインフラ全体を再設計しようとしている。「シティブレイン」は、ソーシャルメディアと監視技術を使って住民を監視するだけでなく、今後増えていく自動運転に対応するインフラの構築も始める予定だ。そこには、ロードスター・AIの遠隔運転センターのようなテクノロジーも含まれる。

国による違いが、AIアプリケーションの技術開発の方向性を決めていくのだろうが、世界の地域ごとに異なる価値観、信頼の概念、力関係も、大きな影響を及ぼすだろう。

技術面で言えば、アメリカ企業は、中央集権型の迅速なインフラ開発がないので、自動運転車を、中央遠隔システムに支えられた国の「車隊」ではなく、それぞれ別個の存在ととらえている。

社会の風潮を見ると、走行実験の致命的な失敗によって、アメリカ人ならではの価値観や信頼もしぼんでいる。とくにショッキングだったのが、2018年3月にウーバーの自動運転車が、アリゾナ州テンピの路上で自転車を押していた女性を死亡させた事故だ。ほとんどの企業が「開発者と捜査当局が衝突の原因を突き止めるまで、実験は一時停止する」と発表した。そして、テスラもその後、SUV車「モデルX」が、自動運転機能「オートパイロット」の作動中に中央分離帯に衝突し、運転者の男性が死亡したと発表した。テスラにとっては、オートパイロットにまつわる2件目の死亡事故だった[25]。

とはいえ、こうした事故への市民の激しい抗議や訴訟の可能性にひるんで、テスラ、ウェイモ、ウーバー、ロードスター・ＡＩなどの自動運転車メーカーが、画期的な技術の進歩に歯止めをかけることはなさそうだ。だが、展開に遅れが出て、世界中で業界に大きな影を落とす可能性はある。実はアメリカだけでも、車の事故で１日に平均１００人ほどが命を落としているが、「無人自動車が人を殺す」という概念は、国を問わず、人々にはるかに厄介な印象を与える。この深い不信感が、自動運転の先進技術を開発している企業に、相当大きなプレッシャーを与えている。

自動運転車は、いずれ取って代わるつもりの欠点だらけの人間のドライバーよりも、はるかに安全なものでなくてはならない。つまり、安全性を何より優先する責任は世界共通で、開発者は、どんな道路状況やインフラや規制のもとでも、安全な自動運転を実現しなくてはならないのだ。

だが、それと同時に、**企業は参入市場の文化的な規範や偏見も無視してはいけない**。何しろこうした知的システムは、個人や社会システムのさまざまなグレーゾーンにも、白か黒かの判断を下すはずだから。

グーグル画像検索に「かわいい赤ちゃん」という言葉を入れると、アメリカでは白人の赤ちゃんばかりが出てくるし、日本ではほぼ日本人の赤ちゃんしか出てこない。この事実だけを見ても、偏見や差別にまつわる深刻な疑問がわいてくるだろう。しかし、こうした偏見が検索結果や美的感覚よりもっと重大なことを決定づけるとしたら、一体どうなるのだろう？

こういった問題は、佟が深圳市に導入するロボタクシーや、アメリカでウーバーが行う自動運転車の実験に、今後どんな影響をもたらすのだろうか？

❖それぞれのAI国家戦略

優れた知的システムを構築するには、ユーザーや恩恵を受ける人たちの当面の目標だけでなく、より幅広い社会の価値観や規範もシステムに組み込む必要がある。ユーザーは「システムが自分たちの代わりに適切に判断してくれる」と信じなくてはならないが、それがとくに難しいのは、複雑な作業や社会的な作業を任せるときだ。

たとえば、社員の実績を評価する、旅の予約をする、保存食品を買うといった作業や、もっと身近なレベルで言えば、そうした作業について会話型アシスタントとやりとりするときなどもそうだ。

人々はたいてい自分の目標をよくわかっていないし、ハイテク産業は、そうした微妙なものがいかにコロコロ変わるか、ましてや文化によってどれほど異なるかを理解する、輝かしい実績を持ってはいない。

それでも、ある国の開発者があるＡＩシステムに組み込んだ文化的・政治的な感性が、世界のあらゆる場所でアプリケーションを動かす可能性はある。その感性が非常識だったり、無礼だったり、危険だったりする地域でもだ。**そう、ソフトウェアはこっそり入り込むものだから。**私たちの生活の隅々にまで、たいていさりげなく、目立たない形で入り込んでくる。

スマホの新しいアプリを使いこなすすべもわからないのに、2キロ先、いや隣の州、いや地球の裏側に住む誰かが、そのテクノロジーにどのように取り組むかなど、わかるはずもない。とはいえ、その国のテクノロジー開発の方向性を決めるのは、次の3つの基本的な力ではないかと思う。①データセットの質、②国の人口統計学的・政治的・経済的ニーズ、③さまざまな文化的規範と価値観――である。

データセットの質と大きさ、さらにはそのデータセットを使っていかに新しいアプリケーションを訓練するかが、企業と政府と個人の力関係を決める。

グーグルは、「美しい女王」を画像検索すると白人女性の写真しか出てこなかったとき、ちょっとした騒動になった。偏ったデータセットがアメリカ人を怒らせたのは、グーグル検索が広く浸透し、検索結果が文化的な規範や信条を形づくる可能性があるからだ。だが、ほかの多くの社会では、マイノリティへの偏見がアメリカほど大きな懸念ではなく物議を醸しにくいので、「ゴミを入れればゴミデータが出てくる」ままの状態になっている。偏った、よく練られていない、不完全なデータセットは、偏見に満ちた不完全なアウトプットを生み、社会の中でも、社会と社会の間でも、マイノリティを市民的・政治的・経済的に重要な対話から締め出してしまう恐れがある。

国々はたいてい、人工知能に関する国家戦略において、自国の人口統計学的・政治的・経済的ニーズを表明している。この章の後半でも触れるが、それぞれの国家戦略には、一致する部分もあれば異なる部分もある。

たとえば、アメリカとイスラエルでは、軍が防衛のアプリケーションに限らず、基本的な先進技術研究の大半を推進している。だが、アメリカのほうが、データや開発を支配する巨大デジタル企業がはるかに多く顔をそろえている。

中国にもバイドゥ、アリババ、テンセントといった同じクラスの巨大企業がそろっているが、戦略の方向性には、政府がより積極的に関与している。

一方、日本やカナダは、ＡＩ搭載システムの開発については、いくぶんユニークなアプローチをしている。「あらゆるものに神が宿る」という考え方が深く根を張る日本には、ポップカルチャーの影響もあって、人間以外の生命や意識を広く受け入れる土壌がある。カナダは、より民主的で誰もが参加できるＡＩ開発のモデルを構築している。これは、小グループの開発者だけが影響力を持っていることや、政府の重点的な科学助成金に支えられていることが大きい。

国家戦略に多くの違いが見られるのは、「個人」と「公共機関（またはコミュニティ）」のパワー・バランスや個人の主体性に対する考え方が、文化によって異なるからかもしれない。たとえば、国際的な学会である「米国電気電子技術者協会（ＩＥＥＥ）」が「倫理的に配慮されたデザイン」――AI開発にいかに倫理的思考を組み込むかについての報告書――の第1版を発表したとき、「アジアの多くの専門家は『極めて欧米的だ』と発言しました」とIEEEの「拡張知能のための世界審議会」事務局長、ジョン・C・ヘイブンスは言う。

そこで、2017年12月に発表された第2版では、より幅広い視点を取り込み、儒教、神道、ウブントゥ（訳注：南アフリカの単語で、「他者への思いやり」「みんながあっての私」などの意味）の道徳理念を取り入れた。たとえば、ウブントゥの考え方は、仕返しよりも許しや和解を重んじる。それはノーベル賞を受賞したデズモンド・ツツ大司教の、「私の思いやりは、あなたの思いやりと知らず知らずのうちに絡み合い、切っても切れないほど深く結びついている」という言葉に表現されている。こうした概念を考慮すれば、「欧米的な思想から完全に抜け出せます」とヘイブンスは語る。

文化的・経済的な視野を広げれば、世界中で生まれたAI開発のモデルを融合した、魅力的なモデルが現れるだろう。世界のAI開発のモデルはたいてい異なっているが、重なり合う部分もある。ほとんどの国や地域は、独自の道を歩みながらも、共通の要素も持っているからだ。

人類は今、知的システムが増殖していく重大な節目に立たされている。コンピューティング技術の浸透、どんどん高度になるデータ分析、利害が対立し合う関係者の急増……。私たちは今まさに人間とデジタルが共存する、活気にあふれるが混沌とした「カンブリア紀」に突入しつつあ

郵便はがき

料金受取人払郵便

小石川局承認

1015

差出有効期間
2020年11月30
日まで

112-8731

東京都文京区音羽二丁目
十二番二十一号

講談社
第一事業局企画部
行

★この本についてお気づきの点、ご感想などをお教え下さい。
(このハガキに記述していただく内容には、住所、氏名、年齢などの個人情報が含まれています。個人情報保護の観点から、ハガキは通常当出版部内のみで読ませていただきますが、この本の著者に回送することを許諾される場合は下記「許諾する」の欄を丸で囲んで下さい。

　このハガキを著者に回送することを　許諾する　・　許諾しない)

TY 000069-1908

愛読者カード

今後の出版企画の参考にいたしたく存じます。ご記入のうえご投函ください（2020年11月30日までは切手不要です）。

お買い上げいただいた書籍の題名

a　ご住所　〒□□□-□□□□

b　お名前《（ふりがな）》

c　年齢（　　　　）歳

d　性別　1 男性 2 女性

e　ご職業（複数可）　1 学生　2 教職員　3 公務員　4 会社員（事務系）　5 会社員（技術系）　6 エンジニア　7 会社役員　8 団体職員　9 団体役員　10 会社オーナー　11研究職　12 フリーランス　13 サービス業　14商工業　15自営業　16農林漁業　17主婦　18家事手伝い　19ボランティア　20 無職　21その他（　　　　　　　　　　　　　）

f　いつもご覧になるテレビ番組、ウェブサイト、ＳＮＳをお教えください。いくつでも。

g　最近おもしろかった本の書名をお教えください。いくつでも。

るのだ。今後新たなＡＩアプリケーションが開花していくさまは、何億年も前に生物の種類や個体数が爆発的に増加した、古生代最初の時代をほうふつとさせるだろう。

あとで詳しく述べるが、本書では世界の国々のＡＩへのアプローチを、「カンブリア国家」「城国家」「認識《コグニティブ》時代の騎士」「即興アーティスト」の４つに分けて説明していく。**「カンブリア国家」とは、ＡＩの爆発的な進化を一足早く経験している２大ＡＩ大国のことだ。**この２国は、強力な学術機関と深く結びついた、たしかな「起業家エコシステム」（訳注：ある地域のスタートアップの成長を支える、産学官で構成される環境）を特徴としている。

それに対して、**ＡＩについては主に学術面で専門知識を培っている国々を、本書では「城国家」と呼ぶことにする。**これは、学者の現実離れした生活や研究室などの閉鎖社会を表す「象牙の塔」にちなんでいる。「城国家」には、世界最先端の科学技術の専門家はいるが、民間の巨大データ企業を生み出すほど、スタートアップ環境がまだ整っていない。

「認識時代の騎士」は、軍事費と軍事資源《リソース》を活用し、国防以外の目的にも幅広く使えるＡＩの専門技術を構築している国々だ。**「即興アーティスト」**は、発展途上経済が抱える問題に対処するため、先進技術を使った独自のアプリケーションを開発している。

加えて、日本やカナダのような、少々異なるアプローチもある。両国では、開発者たちがユニークな新境地を開拓している。

今後、研究者たちが交流し合い、企業が国境を越えて活動し、国々が技術的・経済的・政治的な影響力を行使しようと前進し続ければ、あらゆるアプローチが持つ要素が融け合い、衝突し合うことになるだろう。「AI競争」についてはは次章でさらに話をするが、今紹介したモデルと、それらが今後どのように進化していくのかを理解するには、まず、いかにデータが力を持つのかを知る必要がある。そして、大量のデータがどのように巨大デジタル企業を生み出してきたのかも知らなくてはならない。こうした企業は、人工知能の開発、規制、そして世論に計り知れないほどの影響を及ぼしている。

❖ひそかに生まれ、ひそかに流れていく11兆ドル

文化的・政治的な力が、世界中でAI開発の方向性を決めていく、と理解しておくことは大切だが、どの方向に進むとしても、出発点には「データは力だ」という基本概念がある。「ギガバイト？ テラバイト？ フンッ！ 大したことないね」とジャーナリストのキャシー・ニューマンは『ナショナル・ジオグラフィック』誌に書いた。[26]「最近の世界はエクサバイト、いや、ゼタバイトであふれている」と。

1日に生み出されるデータの量を正確に数値化できる人はいないが、合理的な見積もりを見ると、とてつもない数字である。1ギガバイトが高さ9メートルの本棚に詰まった情報と同じくらいだとしたら、過去24時間にこの本棚が25億台、世界に詰め込まれたことになる。『ハーバー

ド・ビジネス・レビュー』誌がデータ・サイエンティストを「21世紀で最もセクシーな仕事[27]」と呼んだのもうなずける。

データは、インドのバンガロールに住む母親のオンライン・ショッピングの好みから、日本沖合の津波センサーの信号に至るまで、ありとあらゆる形や大きさでやってくる。インターネット企業にとって、「生活パターン」にまつわるデータほど魅力的なものはない。

マッキンゼー・アンド・カンパニーの２０１５年の報告書は、「すべてのインターネットに接続された機器《コネクテッド・デバイス》からのデータは、２０２５年には約11兆ドルの経済価値を創出するだろう[28]」と予測している。11兆ドルのかなりの部分を生み出す集団の一員として、個人はそのデータと、データの価値がどこから得られるのか、もっとよく知りたいのではないだろうか？

では、このページに光を当ててくれる、照明について考えてみよう。その照明器具の周りには半透明のブルーの箱がある、と想像してほしい。その箱は「意味空間」。つまり、照明器具が何でできていて、誰がいつつくったもので、どのように組み立てられたものかが説明されている。その商品の顧客ターゲットや希望小売価格も表示されているだろう。この意味空間は、工場で照明器具が製造されたときに現れた、商品の特徴をデジタル表示したもので、会社のデータベースに存在している。これがあると経営陣は品質の向上に努め、「もっと売れ」と社員にはっぱをかけ、改良版の開発を目指せる。

今やさらにセンサーが増え、メモリーチップも安くなり、計算能力も上がって、照明器具自体にも新たなデータ処理能力が組み込まれるようになった。おかげで、それぞれの照明にくっついた意味空間は、販売後もずっと進化し続けている。

照明は、電力網や壁や天井といった物的なインフラとつながっているはずだが、人ともつながっている可能性がある。灯っているときもいないときもつながって、電力消費や利便性を最適化すべく、あなたの使用パターンを監視しているかもしれない。照明器具は、人とコンテンツをつなぎ、あなたを「データの生産者兼消費者」とする、今急速に増えている製品の一つになった。そうしたデータには、ありとあらゆる価値がある。友達や家族をつないだり、照明器具の会社が学んだり。そのデータを私たちや私たちの環境が毎日生み出す無数のデータと組み合わせれば、雇用主や企業、公共施設、小売業者にとっての、途方もない経済価値が生まれる。突如として、マッキンゼーの11兆ドルの予測が（２０１７年の中国経済の規模とほぼ同じだというのに）控えめな数字に見えてきた。

本を片手に自宅で過ごす、リラックスモードの金曜の夜にも、目には見えないけれど、あらゆるデータを統合するとてつもなく複雑な取り組みが行われている。データは、あなたがあの暖かな照明のスイッチを入れ、パチパチ音を立てる電気暖炉に火を灯し、スムーズ・ジャズを流したときに生まれた。もちろん企業は、その生活パターンデータを使って、あなた好みの商品をもっと売りつけようとする。同時にそのデータを使って自社のＡＩシステムを訓練して改良し、あなたがどんなときに何を一番楽しみ、何で一番得をするのか、さらに正確に予測してくるだろう。ホームアシスタントは献立を考え、明日のお出かけを提案し、ごぶさたしているトムに連絡を取れと勧めるだろう。家の中でいつもと違う動きをすれば、そのパターンの裏にある意図を分析し、冬の寒い朝に目覚めると、トイレのシートが暖まっているだろう。栄養摂取量と運動のパターンをどう組み合わせればいいのか正確に計算し、体調が整う食事やおやつを提案してくれるかもしれない。このような進歩やイノベーションが私たちの生活をどのように変えるのか、もれなく想像するのは難しい。

願わくは、企業にはこうしたシステムを使ってひたすら広告や利ざやを増やすのではなく、よりよい商品をつくり、世の中をさらに便利にして、人々の生産性を高め、自由な時間を増やしてほしい。

ただし、膨大なデータを持つことは、膨大な力を持つこと。そんな**データと力がすべて、一握りの企業と政府の手に独占されてしまったら、社会の信頼はどうなってしまうのだろうか。**

❖データを飲み込む巨大デジタル企業

1958年、『マックィーンの絶対の危機《ピンチ》』は映画ファンの心をとらえ、その後何十年にもわたって映画文化に影響を及ぼした。この映画では、エイリアンが隕石《いんせき》に乗って地球に飛来し、ペンシルベニア州の田舎の森に墜落する。

スティーブ・マックィーンとアニタ・コルシオが演じるティーンエイジャー、スティーブとジェーンは山の向こうに隕石が落ちるのを見て車を走らせるが、老人をひきそうになる。苦しそうなその老人は、隕石を棒でつついたところ、ブヨブヨした塊が手にくっついて離れなくなったという。医者が老人の腕を切り落とす前に、その塊は老人を飲み込み、次に看護師を、ついには医者をも飲み込んでしまう。小腹を満たした塊はゴロゴロ転がっていき、出くわしたすべての人をおなかいっぱいに詰め込んで、どんどん大きくなっていく。そして、ビルの中にいる人たちを建物ごと飲み込もうとする。そこでわれらがヒーロー、スティーブとジェーンが「怪物は寒さに弱い」と気づき、消火器で凍結させ、空軍が北極へ運ぶ。

私たちの多くにとって、巨大インターネット企業はまさにこんな感じだ。巨大なデータの塊が、小売から金融、コンサルティングから出会い系、医療サービスからカーシェアリングへと、生活のあらゆる分野へゴロゴロ転がっていく。まるで安全な感じはしないが、どんどん膨らみ続け、もう消火器で止められる規模ではなくなっている。

幸い、この塊は人生を楽に便利にし、あらゆるものをつないでくれるから、私たちはおおむね恩恵を被っている。サービスを利用すればするほど、企業は私たちの生活のさらに詳しい情報を入手できるから、彼らのプラットフォームは、私たちのニーズを確実に満たし、常にハッピーにしてくれる。

斜に構えた人たちは、「インターネット依存症だ」と言うだろう。クラウド・コンピューティング企業「セールスフォース」のCEO、マーク・ベニオフが、ソーシャルメディアの利用者をそう呼んでいるように。「親密だ」と言ったほうが適切なのかもしれない。細かい生活パターンデータが持つ、チャンスとリスクを表している気がするから。

膨大なデータセットの収集と分析によって、インターネット・プラットフォームとユーザーの親密さも、ユーザー同士の親密さも、いっそう増していく。グーグルは「何と検索すればいいの？」と悩むあなたに、前より正確な情報を返してくれるし、フェイスブックは長年音信不通だった友達を見つけてつないでくれる。アマゾンは、夫に選んだあのプレゼントに付け足す、完璧な商品を提案してくれる。バイドゥもアリババもテンセントも、中国のユーザーに同じことをしている。

言わずもがなだが、企業が、ユーザーや社会や政府に期待されているデータ管理を怠ったら、この親密さはよくない結果をもたらすだろう。でも、きちんと基準を満たしているとしても、一体どの程度のデータが十分なデータなのだろう？　恋人と過ごす日のいつもと違う気配を、サーモスタットや電気スタンドやカメラやスマホが監視していると気づいたら、その手の親密さにムッとこないだろうか？　大親友ならともかく、そんな親密さを誰かと分かち合いたい人はいない。相手がグーグルのエンジニアなら、なおさらお断りだ。

では、一番大事なことを言おう。あの柔らかい光を放つ、省エネ型の室内監視ライトに喜んで仲介させて、自分のプライベートな生活パターンをしかと監視させることで、私たちは一体どれくらいの力を他者に与えているのだろう？

そろそろ心配になってきたのではないだろうか。巨大デジタル企業は、一体どれくらいのデータを持ち、私たちが嬉々として消費している商品やサービスの提供に必要なデータは、一体どれくらいなのだろう？

私たちはすでに、企業と共有しているデータに驚くほど大きな力を与えている。しかも新しいAIモデルは、その力をさらに増幅させられる。

たとえば、「敵対的生成ネットワーク（GAN）」と「一発《ワンショット》学習システム」はどちらも、AIのアウトプットの正確さや精度を向上させる。GANは、2つのAIシステムを互いに戦わせ、一方のAIが偽りの、たとえば、偽の画像などをアウトプットすると、もう一方のAIがそれを本物の例と比較して不備を見つけようとする。2つのAIが競い合うフィードバックループは、どちらのシステムの正確さも高めてくれる。ちょうど鋼鉄で鋼鉄を研ぐように。

ワンショット学習モデルは、機械学習の幅を大きく広げ、スピードを上げ、コストを下げる。この方法を使えば、さまざまな物体を認識するようにあらかじめ訓練されたシステムなら、一例、あるいはほんの数例を提示しただけで、よく似たものを認識できる――幼児がコンロの熱い鍋に一度触れれば、熱いヤカンを避けるように。たとえば「戦場」という設定で、数十種類の兵器を認識する訓練を受けたワンショット学習システムは、ほんの数例を見ただけで、それとは別の脅威を認識できる。ほかの脅威の特徴を学んだ経験を活かしているのだ。

だが、こうした方法には一つ、ただし書きがついている。GANやワンショット学習モデルなら、ディープネットワーク（訳注：人間の神経構造をまねて、アルゴリズムを発展させたもの）にわずかな例から学習させられるが、どちらの手法も最初に、人間がラベル付けした例をネットワークにたっぷり学ばせておかなくてはならない。さまざまな新分野のラベル付きデータをつくる、より効率的な方法がない限り――いや、たとえあったとしても――巨大デジタル企業が、入ってくるデータの流れや、流れを拡大する要素を制限するはずはないだろう。

❖「カンブリア国家」の産学連携――アメリカと中国

近年フェイ・フェイ・リーは、AI業界で最も有名な学術研究者の一人になった。スタンフォード大学・人工知能研究所の所長を務めるリーの研究論文は、何千回も引用されている。ただし、ここまでの道のりは長かった。

16歳のとき、両親と共に北京からニュージャージー州に引っ越した彼女は、プリンストン大学で物理学を学んだ。さらにカリフォルニア工科大学で博士号を取得し、その後は「イメージネット」の開発を率いた。イメージネットとは、人の手でラベル付けした何百万点もの画像を持つ、大規模なオンライン・データベースだ。

こうしたデータセットは今日ではありふれたものに見えるが、リーが２００９年に発表した当時は、やや突飛な考え方から生まれたものだった。それは、**「よりよいアルゴリズムだけで、よりよい判断はできない。よりよいデータも必要だ」**という考え方である。

こうしてＡＩ研究者たちは、ラベル付けされた膨大なデータセットを利用できるようになり、毎年「イメージネット・チャレンジ」で戦うようになった。これは、誰のアルゴリズムが、何百万点もの画像を最も正しく認識できるかを競い合うコンテストだ。２０１０年には、優勝チームのシステムの正解率は72パーセントだった（ちなみに、人間の正解率は平均で95パーセント）。ところが２０１２年、トロント大学のジェフリー・ヒントン教授が率いるチームのアルゴリズムが、突然85パーセントをマークした。[29] 一体どんなイノベーションがあったのだろう？　それは、「ディープラーニング」という興味深い新技術のおかげだった。そして、ディープラーニングは今や、ＡＩ分野の根幹を成すモデルの一つとなった。

最近もリーは、ＡＩ業界の考え方を変革しようと努めている。技術的な問題についての考え方だけでなく、問題を解決する人材についての考え方を変えたいのだ。彼女は、学者・開発者・研究者の多様性を促す取り組みの旗振り役として声を上げている。スタンフォード大学のコンピューター科学の教授であり、人工知能研究所の所長でもあるリーは、白人とアジア系の男性が牛耳る分野で、マイノリティに属する学生たちを常に指導している。

「私は多様性に目を向けていますが、ジェンダーや民族だけでなく、考え方の多様性を重視しています」とリーは言う。「この問題は、絶対に解決しなくてはならない。後回しにはできません。このテクノロジーは人類の方向性を決めるでしょう。だから、このテクノロジーに参画する人材が人類を正しく代表していなければ、よからぬ結果を招くはずです[30]」と。

だが、リーの専門知識よりも、広範なAIエコシステムよりも、社会を変える力を発揮しているのは、リーが参画している産学連携ビジネスだ。とくに「グーグル・クラウド」のAI担当チーフサイエンティストとしての活躍がそうだ。

2018年春、スタンフォード大学から研究休暇《サバティカル》をもらい、リーはAIの力をさらに多くの企業や個人に広げようと、商品やサービスの構築を手伝った。そうした先進テクノロジーへのアクセスを民主化したい、と考えているからだ。また、「AI分野の人材を多様化したい」思いとも近いのだが、AI開発を世界中の人たちにとって身近なものにしたいと考えている。「科学に国境はない」と話す彼女は、米中のAI研究の協力関係を強化することにも前向きだ。実際、2017年後半には、故郷の北京にグーグルの研究所を開設するサポートもしている。

中国とアメリカには文化的・政治的・経済的な違いはあるが、両国には開発を支える豊かなエコシステムと分野を超えた交流があり、それが米中を世界の中で際立たせている。こうした**「カンブリア国家」では、産学の密接なつながりが、AI開発の大きな推進力となっている。**そこでは、巨大デジタル企業、一流の学術機関、活気あふれる起業家精神、文化のダイナミズムが独自の融合を見せている。マイクロソフト、バイドゥ、フェイスブック、テンセントをはじめとした民間企業が、何百万ドルも使って、両国で一流の学者や研究者を集めている。

中国企業がアメリカの大学で学生を獲得するケースもあれば、より数は少ないが、アメリカ企業が中国の大学で学生をスカウトすることもある。これらの企業は、ボストン大学から北京大学まで、一流大学の研究プロジェクトにさらに何百万ドルも投じている。世界のほかの地域でもこうした産学のつながりは生まれているが、米中で見られるような密接に連携し合う深い相互依存には至っていない。

シャオピン・マーは中国の清華大学で、産学をつなぐ役目を果たしている。バイドゥに次ぐ中国第2の検索エンジン、「捜狗《ソゴウ》」との共同研究センターを率いているのだ。マーは、キーワード検索と書類での情報検索に重点的に取り組んでいる。「中国は、先駆的な研究ではアメリカに大きく後れを取っていますが、中国企業は機械翻訳のようなさまざまなアプリケーションの開発では、アメリカと同等の仕事をしています」と、通訳を介してマーは言う。大規模な消費者基盤と消費者データがあるので、中国のスタートアップにはより大きなチャンスがあるという。それに、学術機関の開発者も、産業界と緊密に連携し、実際のデータを大量に入手して研究を進めている。「5年でアメリカを追い越せるとは思いませんが、一部のアプリケーション分野では可能性があると思います」

こうした産学の関係は、ＡＩの開発には不可欠だ。お互いに違うモチベーションで開発に取り組むからだ。マイクロソフトの研究所の国際ネットワーク責任者だったジャネット・ウィンは、コロンビア大学・データ科学研究所の所長に転身した。何年も産学官のプロジェクトに携わったウィンには、長期的で基本的で重要なＡＩ科学の課題に取り組める環境がとても魅力的に思えたからだ。ウィンは今も企業や政府と密に仕事をしているが、学問の世界に身を置くようになって、短期間に結果を出すプレッシャーから解放された。

つまり、産業界には学問の世界にはない２つの大きな利点――ビッグデータと巨大な計算環境《ビッグコンピュート》――があるが、今のウィンは、ＡＩモデルやそれにまつわる根本的な問題の解決に取り組める。「学界だけが、技術のベースにある科学を理解する時間を持てるのです」とウィンは言う。「そして、その理解は重要です。ＡＩ技術はすでに自動運転車に搭載され、刑事司法制度などにも活用されているのですから。つまり、ドライバーや歩行者、裁判官や被告人といったエンドユーザーが、このテクノロジーの影響を被るわけです。科学界には、こうした技術がどのように機能するのか、基本的な理解を提供する義務があります」

❖専門知識を活かしきれない「城国家」――ロシア

ミハイル・ブルツェフは、世の中がロシアの学界に期待する通りの、素晴らしい科学の才能を発揮している。コンピューター科学の博士号を取得したのは、人間の認識能力の進化のモデルづくりに励んでいたときだ。ブルツェフは理論を重視し、ロシアの人工頭脳学の考え方を調整して、機械学習のモデル同士の相互作用を促す新しい方法の開発に努めた。「私はいまだに生きた神経細胞《ニューロン》で実験しています。脳の中の実際の神経《ニューラル》ネットワークに何が起こっているのかをね」とブルツェフは言う。「私は欧米であまり知られていない、ロシアの神経生理学の理論に通じているので、それをＡＩエージェントのネットワーク・アーキテクチャーに取り入れる方法を考えています」

だが、最近ブルツェフは、その専門知識を新たな方向に向け、「iPavlov《アイパブロフ》」というプロジェクトを立ち上げた。これは、外の人間がロシアの人工知能に抱くイメージを裏づけると同時に裏切るようなプロジェクトだ。つまり、これは政府の財政支援を受けたアカデミックな取り組みで、２０１７年には「国家技術イニシアティブ２０３５」の助成金を獲得している。ところがブルツェフは、その資金を使ってオープンソースのプラットフォームとデータベースを開発しているのだ。今後開発者たちが、より優れた会話型ＡＩシステムを構築できるように。それは、ロシア語の微妙なニュアンスを考えると、とても難しいこととされている。要するに、ロシア人の友人の言葉を借りるなら「ロシア政府がオープンソースのプロジェクトに資金を提供し、誰もが優れた人工知能を開発できるよう支援している」のである。

「ロシアのこの分野にはかなりのポテンシャルがありますが、まだ形になっていません」とブルツェフは言う。「国民はおおよそ優れた基礎教育を受けていますし、学生は素晴らしいコンピュータ―科学のスキルを教わっています。ところが、ＡＩの研究発表の成果を見ると、ロシアは世界40位くらいで、科学界で目立つ存在ではありません」。ロシア政府もプーチン大統領も、人工知能が今後の地政学的な力や安全保障に欠かせないことを理解し、この分野にさらに多くの公的資金を投じ始めている。ただしブルツェフによると、既存の民間投資に加えて、公的支援がスタートアップ向けのリソースを膨らませてはいるが、ロシアの教育水準を考えると、まだまだポテンシャルを活かしきれていない。

ロシアや西ヨーロッパを含む「城国家」は、人工知能については主に学術面で専門知識を培ってきた。

ただし、商業面に目を向けると、どの国にも巨大デジタル企業がないので、学術部門から民間部門へとアイデアやテクノロジー、資本が自由に流れるよう監督する存在もなければ、城壁を壊す活力もない。たとえばアメリカ、日本、中国などでは、既存の技術移転プログラムやたしかな起業インフラが、そうした流れを支えているが、**ロシアで起業家と話をすると、スタートアップのエコシステムにはほとんど支援がないことがわかる。**しかも、国の支援を受けた大企業や銀行が、新しいベンチャーへの資本の流れや、学術部門から民間部門への技術移転を制限してしまう。「初期のハイテク・スタートアップにリスクはつきものですが、ロシアではリスクへの許容度が低いので、中小企業は『ニワトリが先か卵が先か』という問題を抱えています」と「Endurance Robotics《エンデュアランス・ロボティクス》」の創業者、ジョージ・フォミチェフは言う。同社はレーザーエッチング・システムやチャットボット・ソフトウェア、対話型ロボットを開発している。「投資家はもっとたしかな売上実績を、なるべくならロシアの大手企業に売った実績を見たがります。でも、ロシアの大企業はまだ完璧ではない商品やサービスは買いません」とフォミチェフ。エンデュアランス社は、ある顧客サービス・チャットボットをバーガーキングに売り込むのに、(海外企業である)ブリティッシュ・アメリカン・タバコ社との仕事で得た結果を使うほかなかった。

ロシアの今の状況は、エンデュアランス社のような小さなスタートアップを苦境に追い込んでいる。海外の市場を目指すか、既存の資本のチャンネル――既得権益を持つ一握りの集団や数少ない支援組織《アクセラレーター》(訳注:スタートアップ企業に出資やサポートをする、大企業や自治体などの組織)、資金援助プログラム――に食い込むしかないからだ。

グリゴリー・サプノフと共同創業者も、「Intento《インテント》」――企業が複数のAIプラットフォームを試し、自社の業務に合うものを選ぶためのプラットフォーム――を発売したあとで気がついた。インテントを販売し、会社の成長に必要な支援を得るには、海外市場に参入しなくてはならないと。彼らは売りになるアイデアを持ち、顧客基盤の構築に努めてきた。インテントは、公開データセットや独自のデータセットを使えば、クラウドベースのAIプラットフォームをテストし、各クライアントにぴったりのものを見つけられる。さらに、顧客は多くのプロバイダーを試してから、作業やコスト、性能次第で、好きなプロバイダーに切り替えられる。

「私たちが何より不利なのは、**ロシアが現代のAIムーブメントの中心地から遠く離れていることです**」とサプノフは言う。「ロシアの多くのスタートアップは有意義なことをしようと努めていますが、多くは国内市場を相手にしています。彼らにとって、世界市場への進出はハードルが高いのです」

だが、インテント社の共同創業者の一人は、カリフォルニア州バークレーのアクセラレーターでオフィスを開いた。アメリカ市場に進出し、ベイエリアに集まるリソースをうまく活用したいと考えてのことだ。「**ロシアには、ビジネスを営む人が少なすぎる**」とサプノフは言う。だから、カリフォルニアに拠点を持てば、アメリカの起業家精神とつながれる。

サプノフはロシアで、ヤンデックスをはじめとした大手ハイテク企業から、優秀な人材を引き抜こうとしている。「スタートアップには面白い仕事がたくさんあるのに、みんな安全な場所にいたいんです。これは問題ですよ。AIは活気にあふれた分野です。波に乗りたいなら、少しはリスクを取らないとね」

❖ヨーロッパ――規制と起業家精神のはざま

西ヨーロッパも、ロシアとよく似た特徴をいくつか示している。たとえば、米中に比べて、産学の溝が少し深いのだ。とはいえヨーロッパのモデルは——高い科学的・学術的能力に加えて、広い製造拠点と、データ共有へのよりオープンなアプローチも備えており——次の２つの点でロシアと大きく異なっている。

まず、ロシアはＥＵ加盟国に比べて、コンピューター科学や数学の能力を防衛や国家情報に向けがちだ。２つめはおそらくより重要な点だが、ヨーロッパは、ロシアよりもかなりしっかりとした起業家エコシステムを構築している。スタートアップ環境で米中にリードされてはいるが、ベルリン、ハンブルク、ロンドン、パリに、デジタルの中心地が生まれている。

また、エストニア共和国の首都タリンは、サイバー・セキュリティの中心地であり、デジタル政府を体現する世界最先端の地でもある。スウェーデンのヨーテボリとフィンランドのヘルシンキは、北欧諸国を対象としたさまざまなＡＩ構想《イニシアティブ》に着手し、学術部門と起業家部門の自由な連携を支援している。

さらには、人里離れた場所でも、重要なイノベーションの地であることを売りにしている町もある。たとえば、スイスのルガーノは、人口６万人の風光明媚な町だが、ＡＩのパイオニアであるユルゲン・シュミットフーバーが住み、「ダッレ・モッレ人工知能研究所（ＩＤＳＩＡ）」がある。

それでも、ヨーロッパがこれらの地域を、アメリカや中国並みの経済地域に発展させる見込みは依然として低い。**現在のヨーロッパのＡＩ開発はおおむね、製造業をはじめとした従来型の産**

業の中で行われている。そこにデータのプライバシーやセキュリティをめぐるＥＵの規制が課されれば、たとえ革新的な環境であっても制限が加わってしまう（人々がデータ・プライバシー規制のメリットをどうとらえているかは、また別の話だ）。

「ドイツ人工知能研究センター（ＤＦＫＩ）」で「Deep Learning Competence Center（深層学習能力センター）」の所長を務めるダミアン・ボースは、もっと濃淡のある規制を望んでいる。「必要な保護はするが、産業やスタートアップの活動を妨げないルール」を求めるボースは、問題を４つに分類することを提案している。まず、ＡＩシステムが人命に影響を及ぼすときは「Ａ」のカテゴリーに入れ、厳しく規制する。次に、環境に影響を及ぼす可能性はあるが、直接人間に危害を加えない場合は「Ｂ」に分類する――といった具合に、システムが害を及ぼす可能性が小さくなればなるほど、規制も緩めていくのだ。「企業がアメリカと同じ規模の市場を相手にしたいなら、ヨーロッパ全土に進出しなくてはなりません。その場合、すべての国の規制に対応する必要が出てきます」とボースは言う。だから、ヨーロッパでＡＩを発展させるさまざまな取り組みがなされても、起業家はさらに大きな市場へと逃げ出してしまう。

ドイツをはじめヨーロッパ諸国の大半がうまくやれているのは、製造業のような「退屈な分野だけ」とボースはジョークを飛ばす。個人情報を獲得する試合には、もう敗れてしまった。グーグルやアマゾンのヨーロッパ版やヨーロッパ発のソーシャル・ネットワークを立ち上げたところで、きっと苦戦するだろう（たとえ世界中のプライバシーを重視する人たちが、歓迎してくれても）。勝者がすべてを手にし、確固たる顧客基盤が物を言う分野だからだ。そういうわけで、ヨーロッパのＡＩ開発は、顧客取引データやＩｏＴから集めたデータ、企業間アプリケーションを中心に構築されがちだ。

それでも、ヨーロッパにはさまざまな機関や資金源がある上に、ＥＵが技術革新を目指して「デジタル・コモンズ」（訳注：デジタル情報の共有財化）に取り組み始めたことから、ヨーロッパは米中に対抗する魅力的なモデルではある。ヨーロッパ全土のますます多くの機関、企業、政府もこの進化を後押ししている。

たとえば、ボースとＤＦＫＩの同僚たちは、産業界と緊密に連携してデータへのアクセスを改善し、企業が業務プロセスに新しいＡＩモデルを組み込めるよう支援している。イギリスは、グーグルが約６億２５００万ドル（約４億ポンド）で買収した「ディープマインド」など、世界の巨大デジタル企業の重要拠点となった[31]。イギリス発の巨大デジタル企業はないし、米中ほど起業家活動も活発ではないが、ロンドン大学をはじめとした一流大学が、スピンオフ（訳注：個人やグループが組織を飛び出して独立組織をつくること）起業の豊かな苗床となっている。これは多くの点で、シリコンバレーの産学連携とよく似ている。

ゴールドマン・サックスの報告書によると、２０１２～２０１６年前半にかけて、アメリカはＡＩに１８２億ドル、中国は26億ドル、英国は８億５０００万ドルを投資した[32]。

❖イギリス――EU離脱後のポジショニング

ＡＩのルーツは、イギリスの天才数学者アラン・チューリングと、第2次世界大戦中に彼が勤務した政府の暗号学校「ブレッチリー・パーク」にさかのぼる。そして、ケンブリッジやオックスフォードなどイギリスの大学はすでに、世界有数のハイテク研究センターを設立している。こうした研究施設は、ニック・ボストロム、ヤーン・タリン、ヒュー・プライスといった著名な専門家を受け入れている。ＡＩが英国の経済と国民に及ぼす影響への懸念もまた、政府に浸透している。

２０１８年の春、英国政府は民間企業や投資会社と協力して、ＡＩ開発に14億ドルを投じた。このお金で、英国中心の投資ファンド、ケンブリッジ大学のＡＩスーパーコンピューター、新たに設立される「データ倫理センター」などのイニシアティブを支援する予定だ。

たとえば、倫理センターは、ＡＩ開発にまつわる厄介な問題に取り組む助けになるだろう。その中には、デヴィッド・パットナムが「複雑さからの社会の逃避」と呼ぶ問題も含まれる。「人工知能への依存がもたらす影響は、結局のところ、私たちが複雑な問題に対して、短絡的な答えや解決策を求めるようになることだ」と上院議員であり、アカデミー賞を受賞した映画『炎のランナー』のプロデューサーでもあるパットナムは言う。映画やテレビで社会問題の探求にキャリアを捧げてきた彼は最近、上院委員会で、英国のＡＩへの備えについての報告書をまとめた一人だ。[33]

パットナムがこの取り組みから導いた結論は、「私たちの会話から複雑さがどんどん失われ、代わりに、手っ取り早くてシンプルで、データに基づく答えが求められている」というものだ。「しかし、人間生活における多くの判断は、じっくり考えて認識を深めてから行う必要があります。そして慎重に検討し、継続的に議論すべきです。こうした議論がすべて、すばやく解決するとは限らないし、そうすべきではないと思います」と彼は言う。思考機械は明快な答えを返してくれるが、たいていの場合、「簡単な解決策がないから、対話と統合と交渉が必要」な多くの問題に目を向けずに結論を出している、というのがパットナムの見解だ。

結局のところ、こうしたイニシアティブはどれも、英国がＡＩ分野の最先端に居続けるために計画されている。これらの取り組みは、英国がＥＵ離脱を決めたことで、いっそう重要性を増している。ＥＵを離脱すれば、英国は、商業的なＡＩの進歩を支えてくれる大規模な市場とデータへのアクセスを制限される。今のところ英国政府は、２０１８年の春に法案を可決し、ＥＵのデータ保護の枠組みの大半を採用して、ＥＵの規定を実施する「情報委員会」の力を強めている。「経済成長と倫理面の対策を両立させたい英国としては、今のところドイツ、フランス、カナダとうまく連携できています」とパットナム。「私たちは一丸となって、新しい思考機械の世界でかなり重要な役割を果たしていますが、**ＥＵを離脱してしまったら、その国際統治《グローバル・ガバナンス》におい**

て、英国の声はどこまでの影響力を保てるでしょうか？」

❖フランス――アンチ・テクノロジー国家のＡＩ革命

フランス政府当局は、とくにマクロン大統領の当選以降、国家レベルのプログラムを積極的に推進している。２０１８年の春、大統領は「政府単独で5年間に18億５０００万ドルを投じて、ＡＩ研究、スタートアップ、共有データセットの収集を支援する」と述べた。

マクロン大統領が『ワイアード』誌に語ったところによると、２大ＡＩ大国は、２つの方向に――アメリカは民間部門に、中国は政府の指針に――傾いている。だから、フランスとヨーロッパには、その真ん中を行くチャンスがある、[34]というのだ。

フランスはテクノロジーに批判的な社会として有名だが、大統領は、ＡＩ構築のベースになる新たな視点をくれる、分野を超えた取り組みを生み出したい考えだ。「プライバシーや、『個人の自由』対『テクノロジーの進歩』をめぐる集団として選択、人間や人間のＤＮＡの品位――といった問題に対する自分たちの姿勢を守りたいなら、**社会と文明を自ら選択したいなら、このＡＩ革命の一翼を積極的に担えなくてはいけません**」と述べている。「これがＡＩのルールの策定や定義に発言権を持つ、ということです。それが、私がこの革命の一翼を担いたい、革命のリーダーの一人になりたい、とさえ思う大きな理由です。私は世界的な規模で議論を形成したいのです」

このようにマクロン大統領は、ＡＩに関する国家戦略を強く打ち出し、ヨーロッパのほかの指導者より前に出ている。フランスの戦略には、政府が市民の代わりにリーダーシップを取ることと、パリをヨーロッパのＡＩ開発研究の中心地にしたいこと、などが記されている。

ドイツ政府は、より保守的なボトムアップ・アプローチを取っている。まずは、メルケル首相の権力の拠点である首相官邸でのＡＩサミットを通して、産業界と科学界の意見を求めている。今ドイツ政府には、デジタル化の先頭に立つ２人の高官――デジタル化担当相のドロテー・ベアとデジタル部門責任者のエヴァ・クリスチャンセン――がいて、わずかではあるが、科学・経済・労働省庁によるデジタル化のイニシアティブも行われている。

一方、これらの国々をはじめ西ヨーロッパの政府の大半が、場合によってはＥＵのイニシアティブを超えた、ヨーロッパの協力が不可欠だと述べている。実際に、連携の可能性を議論し始めた国々もある。ただし、「フランス・ドイツＡＩセンター」のような、芽吹いたばかりの取り組みが遅れ気味なのは、英国のＥＵ離脱や移民問題などほかの緊急課題があるからだ。だが、フランスとドイツの政府関係者は例外なく、市民一人一人の思いやりが民主主義に欠かせない要素だ、と信じている。だから、彼らの視点では、**国際的なＡＩ競争とは、人間の知性とヨーロッパの主権の素晴らしさを守るレースでもあるのだ。**

❖イスラエルとアメリカ——認識時代の騎士

アメリカとイスラエル、そして中国は、「認識《コグニティブ》時代の騎士」の中で卓越した存在だ。「認識時代の騎士」とは、防衛を基盤としたイノベーションが産学部門へと広がり、さまざまな平和的・商業的アプリケーションを生み出している国々のことである。

イスラエルの国防軍は、「すべての悪者を、国から遠ざけておくことはできない」と知っている。だから、なるべく忍び込めないよう工夫した上で、内部に高度なわなを仕掛けて、できるだけ速やかに脅威を特定し、捕獲している。

ヨッシー・ナールは、イスラエル軍で学んだこの姿勢を、サイバー・セキュリティのスタートアップに活用している。「Cybereason《サイバーリーズン》」社は、イスラエル国防軍8200部隊（サイバー攻撃防御部隊）出身のナールら3名によって創業された。同社は多くの企業に倣ってさらに高いデジタルの壁を築くのではなく、攻撃者が入り込んだあとにやりそうなあらゆることを分析し、攻撃者を特定し、環境から一掃しているのだ。そのためには、「先端技術とハッカーの動きに精通していなくてはならない」と共同創業者たちは言う。

「かつては、善悪の見分けは簡単につくと考えられていて、もっと高い壁を築くにはどうすればいいのかが問題でした」とナール。「でも、この国民国家体制のもとで、私たちは多くの経験からシンプルな真実に気づいたんです。a．侵入は常に可能だ、b．攻撃者にとって最大の難問は、侵入してからどうするかだ――と」

ナールの証言によると、イスラエル軍は、国内のさまざまなＡＩアプリケーションの開発に大きな影響を及ぼしている。国民には入隊の義務があるので、軍が優秀な人材を見つけて最先端のハイテク訓練プログラムを受講させる、極めて効果的なシステムができている。「つまり、軍で行われる研究開発が、ＡＩに携わる人材の事実上の研修センターであり、養成所《インキュベーター》の役目も果たしているのです」とナールは言う。

イスラエルの主要なハイテク・スタートアップの多くは、兵役で出会った仲間同士で立ち上げた会社だ。**優秀な若者にとって、兵役は集中的な教育プログラムであり、教室で過ごすフルタイムの仕事でもある。**そして卒業後は、世界最先端の技術プラットフォームに取り組む仕事をする。中には予備役としてたびたび軍に戻り、ＡＩやデジタルの豊富な経験を活かして、後進の指導に当たる者もいる。「こうして知識を取り込んではまた社会に還元し……どんどん強化していくシステムなのです」とナールは説明する。「賢い若者に、仕事で使えるリソースをたくさん与えるわけです。21歳の若者が、これを大学で得ることはできません」

軍で培った「防衛」の視点は、とくにイスラエルのような国では、サイバーリーズン社をはじめとした「防衛」に長けた非軍事企業を生み出している。ナールの推定によると、イスラエルの２５００ほどのスタートアップのうち、５００～７００ほどがセキュリティ関連企業だ。ただし、軍の教育と研究から、それ以外のさまざまなアイデアや才能も生まれている。たとえば、情報《インテリジェンス》コミュニティ（訳注：国の安全保障にまつわる情報を提供する機関の総称）とその情報分析が、ありとあらゆるビッグデータの研究に活かされている。それに、イスラエルの起業家が開発した、ＡＩ搭載のさまざまな医療アプリも登場している。

アメリカは、軍の中でそこまで幅広いハイテク教育を行ってはいないが、「国防総省高等研究計画局（ＤＡＲＰＡ）」を通じて、国防と先端的な研究は深く結びついている。

アメリカは、中国やイスラエルのように全国民を兵士だと考えてはいないが、軍事部門と民生部門の切っても切れないつながりは保たれている。ただし、アメリカ国防総省はシリコンバレーで買い物をするが、シリコンバレーが代わりに戦争をしてくれるとは思っていない。同じようにＤＡＲＰＡも、世界最先端のハイテク研究の進行役にとどまっている。自動運転車から神経《ニューラル》マイクロチップ・インプラント、（たとえば、気候変動のような）高度なシステム分析、さらにはサイバー・セキュリティに至るまで、すべてにおいて最先端を追求している研究者たちに資金を提供している。

ＤＡＲＰＡの元プログラム・マネジャーで、現在はタフツ大学コンピューター科学学部のトップを務めるキャスリーン・フィッシャーは、２０１６年、ラスベガスでＤＡＲＰＡ主催の「サイバー・グランド・チャレンジ」の決勝戦にオブザーバーとして出席した。これは、参加チームが自分たちのシステムのプログラムを守りつつ、ほかのチームのプログラムをハッキングする、というハッキング・コンテストだ。

つまりチームは、システムが自分のプログラムの弱点に自動的に修正パッチを適用し、その発見をライバルとの戦いに活かす方法を考えるよう、あらかじめプログラムしておく。一つ面白いのは、これは7チームが全自動のシステムだけで戦うトーナメントであること。試合中は人間の助けなしに、自動的にシステムを守り、相手のシステムを攻撃できるようにプログラムを設計しておかなくてはならない。フィッシャーによると、あるチームのシステムはプログラムの弱点に気づくと修正パッチを適用し、ほかのチームの同じ弱点を攻撃し始めたという。「そうしている間に、別のシステムがその攻撃に気づいて、攻撃チームの修正パッチの内容を検証し、その情報に基づいて自分用のパッチを作成したんです。すべては20分以内の出来事でした」

優勝したカーネギーメロン大学のＡＩチームは、翌日人間のチームに交じって対戦した。ＡＩのほうが動きは速いので出だしはよかったが、トーナメントで戦ううちに最下位に沈んでしまった。人間はさまざまなハッキングの概念や戦略を、広く応用して処理できるからだ。「でも、いずれは変わるでしょう」とフィッシャーは言う。「コンピューターはそのうち、みんなを打ち負かします。人間は今のところまだ、コンピューターよりソフトウェアをうまく使いこなせるのです」

だが、イスラエル国防軍と同じで、ＤＡＲＰＡのプログラムも、サイバー・セキュリティやデジタル攻撃といった範囲にとどまってはいない。実際、DARPAの主要なAIイニシアティブの一つは、AI分野に携わるすべての人を悩ませている、ある問題の解決を目指している。それは、なぜ、どのようにその判断を下したのかを説明できるAIシステムを開発することだ。「説明可能なAI」という概念は、こうしたシステムが複雑化するにつれて、専門家を困らせている。思考機械はすばやく学び、膨大な量の複雑なデータを処理できるが、開発者たちはいまだに、なぜマシンが、1枚の写真がオオカミで、もう1枚がハスキー犬だと判断したのか、はっきりとはわからない。悪名高い例を一つ挙げよう。研究者たちが画像認識システムの判断の根拠を知るために、入力データを微調整して、アウトプットにどう影響したのかを調べた。その結果わかったのは、ニューラルネットワークがハスキー犬の一部をオオカミと認識したのは、犬が雪の中に座っていたからだった。

「説明可能なAIは防衛部門にとってたしかに重要ですが、この分野の研究にDARPAが資金提供していることが、AIシステムと人間との関わりにさまざまな波及効果をもたらしています」と、DARPAの「情報イノベーション室」でプログラム・マネジャーを務めるウェイド・シェンは言う。多くのマシンが正確な判断を下せるのに使用されていないのは、人々がマシンを信用できないからだ。「『説明可能性』（訳注：システムが自らの意思決定プロセスを説明できること）は、ある種のAIモデルならあり得る気がしますが、ますます複雑化する新技術に関しては、人にはわからないことだらけです」とシェン。つまり、人間は因果関係のモデルをよく理解できるが、その因果関係が（たとえば、気候モデルのように）膨大な数の変数に基づいている場合は、まるで歯が立たなくなる。「マシンは非常に複雑なプロセスのモデルを構築し、何千という変数を踏まえて、人間の認識力では理解できないような判断を下せるのかもしれません」とシェンは言う。

結局のところ**私たちには、マシンを理解して説明してくれる別のマシンが必要**なのかもしれない。マシンの内部の仕組みを、人間にわかるように示してくれるマシンが。

とびきりのエリートで経験豊富な人たちでさえ、ＡＩシステムがなぜ、どのように株価の上下を予測したのか、理解に苦しんでいる。私たちは今のところ、そうしたアプリケーションの多くを信用しているが、システムが私たちの生活の中でいっそう幅広い役割を果たすようになれば、問いかける必要が出てくるだろう。「自分たちが理解も予測もできないようなモデリング能力が、本当に必要なのだろうか？」「私たちはマシンに、どの程度の支配を許すつもりなのか？」と。オーストラリアの哲学者、デイヴィッド・チャーマーズが言うように、「自意識は、自らを省みるからより高次の意識なのだ」としたら、マシンの意識はさしずめ、よちよち歩きの子どもくらいのものだろう。その幼児に、私たちは遺伝子工学やら、途方もなく重大な分析やらを任せようとしている。

✣即興アーティスト——離島の医療をになうアプリ

ＡＩによる物体認識は、世界中の電子商取引企業に人気のアプリになった。写真を撮って、興味を持ったものをクリックすると、アプリが商品を特定し、どこでどのように買えるかを教えてくれる。巨大デジタル企業ならこの使い方を続けるのだろうが、発展途上市場の新しい企業が、その技術を新たな方向へ向けようとしている。

「Grabango《グラバンゴ》」をはじめとしたアメリカ企業のように、中国のスタートアップ「深圳碼隆科技《マロン・テクノロジーズ》」も、その技術をサプライチェーンでの荷物の追跡や検査に使っている。マロン社は、買い物客がレジを素通りし、食料品のぎっしり詰まったカートを押しながら店をあとにする日を思い描いている。客がそのまま店を出ても、同社のシステムがすべてのアイテムを確認し、自動的に料金を請求するのだ。

ナイジェリアのガブリエル・エゼは、こうした機械学習アプリが、英語で読み書きできない人や、読み書き自体を苦手とする人がウェブサイトを利用する助けになればと考えている。エゼとスタートアップ「Touchabl《タッチャブル》」の同僚たちは今、電子商取引に力を入れている。誰かがハンドバッグを気に入って写真をクリックすれば、どこのブランドのもので、どこで買えるかがわかるのだ。

タッチャブル社のもうけは、小売業者やブランドから入る広告料だ。「たとえば、車の中に壊れた部分があるけれど、それが何なのかわからないとしましょう。そんなときタッチャブルを使えば、何かがわかります」とエゼは言う。タッチャブルにまだラベル付けされた画像がない場合も、ウェブ上でよく似た画像を探してくれる。ランダムに検索するより明らかに一歩前進だ。エゼはまた、世の中の開発者たちがこのプラットフォームを改良してくれたら、と望んでいる。素人の出品者が画像を使って商品を提供しやすい設計にしたり、言語処理機能を加えて、目が見えない人や字が読めない人が利用しやすい仕組みにできればと考えている。

エゼはさらに、こうしたシステムが、**ユーザーがスマホでアップロードした写真を通して、白内障のような病気を診断できる日**を思い描いている。実は、ウェブベースのプラットフォーム「CekMata《チェックマタ》」が、インドネシアの農村部で行っているのがまさにこのサービスだ。「インドネシア諸島は白内障による失明率が高く、1日に平均1人の割合で視力を失っています」とチェックマタ社のCMO（最高マーケティング責任者）、アイヴァン・シナルソは言う。治療を受ければ失明には至らないのに、農村部の白内障患者が病院に行くことはまれだ。「法外なお金がかかる」「どうせよくならない」などと考えるからだ。だからチェックマタのターゲットは、スマホを持っている若い世代だ。若者に親や祖父母の写真を撮って、アプリかウェブサイトを通じてアップロードするよう呼びかけている。

チェックマタのシステムは白内障と思われる人を確認すると、診断を確定し、治療してくれる医師を紹介する（シナルソによると、その紹介名簿に載った診療所が広告料を支払う仕組みだ）。同社は最初の８ヵ月間に、農村に住む約１００人の診断と治療をサポートしたが、目の自撮り写真をアップロードする人の数が増えれば、それに応じてシステムの規模も拡大できるという。そして拡大するに従って、チェックマタ社は病気のパターンを追跡したり、問題が発生しやすい箇所を発見したり、医師に注意を促すこともできるようになるだろう。

カーティス＆ミシェル・ギッテンズも、島国のバルバドスで健康問題に取り組みたいと考えている。２人はそのために、まったく新しいＡＩモデルを開発中だ。「Driven《ドリブン》」と呼ばれるこのモデルは、ＡＩ開発コンテスト「ＩＢＭワトソンＡＩ・Ｘプライズ」で審査員の目に留まり、２回戦進出を果たした。ギッテンズ夫妻は「心理学に基づく現実的なバーチャル・エージェント」を開発し、バルバドスの糖尿病患者の思考パターンや行動をモデル化したいと考えている。「たとえば、このエージェントに質問すれば、『外向的』『内向的』などの性格特性を確認できます」とカーティス・ギッテンズは説明する。「つまり、エージェントに刺激を与え、感情や感情に駆られての反応を促し、心理学者のように質問すれば、人間のような性格特性を示すのです」

「ドリブン」は、性格特性と行動についての調査から患者の情報を得て、それをコード化し、患者の心理を「仮想の心《バーチャル・マインド》」の形で表現する。臨床医は、この「仮想の患者《バーチャル・ペイシェント》」にさまざまな仮説のシナリオを試すことで、本物の患者に影響を及ぼし、治療を続けてもらう方法を見つけられる。「私たちは、患者の不健康な行動の根本原因になっている、『引き金になる記憶』を特定できると考えています。だから医師は、患者の行動変化に影響を及ぼす、真の要素に働きかけられるのです」

❖インド——世界第3位のAI導入国家

希望はたいてい思いがけない場所から生まれる。SF作家ウィリアム・ギブスンの「未来はすでにここにある。ただ均等に分配されていないだけ」という有名な言葉が示すように。人工知能の「即興アーティスト」——インドネシア、ナイジェリア、バルバドス、そして何よりインドのような国々——は、発展途上国が長年共有している健康やインフラなどの問題を解決するべく、新たなAIテクノロジーの開発やAIモデルの活用に努めている。

世界屈指のハイテク企業の大半が、すでにインドでかなりの事業を行い、インドがデジタル分野のリーダーになる可能性も大いにあると見込んでいる。コンサルタント企業「キャップジェミニ」の報告書によると、インドでAI技術を活用している企業の58パーセントがさまざまな業務に幅広く導入しており、導入規模ではアメリカ、中国に次ぐ世界第3位だ。[35] インドでは、機械学習をはじめとしたAIモデルを組み込んだ医療アプリが盛況で、その多くが、医療の妨げとなっている基本的な障害に対処している。

「世界に1050万人いる結核患者の4分の1以上がインド人です」と、医療画像のスタートアップ「Qure.ai《キュア・ドット・エーアイ》」のCEO、プラシャント・ワリアは言う。こうした患者の多くが診察を受けないか、かなり時間がたってから受けるため、結核がまん延することになる。とにかく時間の問題だ、とワリアは言う。農村部の患者は、症状が出て何週間もたってから、ようやく何時間もかけて診療所へ向かって検査を受ける。医師が胸部X線検査を受けさせても、放射線医が不足していて、画像の診断結果が医師のもとに戻るまでまた2〜3日かかる。その間に患者は家に戻り、連絡がつきにくくなって、結核菌を確認する微生物検査に至らないのだ。

ワリアによると、キュア社はこの診断プロセスを1日に縮めている。同社のプラットフォームなら、X線画像の異常をチェックし、数秒で結果を返せる。画像に結核の兆候が見えれば、医師がその場で微生物検査を行い、診断を下せる。ここまでがものの数時間に短縮され、患者は治療薬をもらって家路につくことができる。キュア社は、胸部X線と頭部CTスキャンにとくに力を入れている。画像分析を自動化し、異常を見つけ、重篤なケースは放射線医の速やかな判断をあおいでいる。

2つの画像処理に注力しているキュア社だが、同社のプラットフォームは可能性をさまざまに広げつつある。ワリアによると、アメリカなどの海外市場や、病院の放射線診断の再チェックなど、ほかの市場にも進出し始めている。「病院が1年間に行ったX線検査も、2〜3時間あればすべてチェックできます」とワリアは言う。「それを、自然言語処理の技術を使って報告書にまとめた、うちの診断結果と比較するのです。つまり、すばやく比較して病院に『X線に100件の間違いがありましたよ』と指摘できるわけです」

インドのAI開発者のコミュニティは、今急速に拡大している。彼らがこうしたテクノロジーを新たな方向に向け始めるだろう、とワリアは考えている。インドは今のところ米中に後れを取ってはいるが、AIモデルやコンピューター技術を使える環境が広がっているので、活気あふれる業界の発展は、才能とデータ次第だろう。キュア社が成功したのは、約500万件の医療画像にアクセスし、それを回転させたり、さまざまなサイズや形にトリミングしたりと微修正して、訓練のためのデータセットを拡充できたからだ。「私たちは、モデル構造についての最先端の研究を重ねてきました。問題はさまざまですから」とワリア。「放射線画像の解釈は、犬やネコの画像を解読するよりはるかに難しいのです」

現在のAI研究の大半は、胸部X線写真の100分の1ほどの画像に注がれているが、オープンソースの貯蔵庫《リポジトリ》がいくつもある上に、この分野に携わるほぼ全員が研究論文を発表したがるので、公開文献もたくさんある。ワリアをはじめ多くの人たちは今後も、今利用できるものをベースにさらに積み重ねて改革していくのだろう。「インドの場合、最新テクノロジーを使って最先端の取り組みができるので、間もなくうまく回り出すでしょう」とワリアは言う。「民主化も進んでいますし、このチャンスを活かせる優秀な人材もあふれています」

キュア社と同じように、スタートアップ「SigTuple《シグタプル》」の優れた開発者たちも、AIシステムを使って地方医療の問題に取り組んだ。同社のＡＩプラットフォーム「Manthana《マンタナ》」なら、病理学検査をデジタル化して分析し、数分で報告書にし、それを病理学者に送ってチェックしてもらい、さらに医師団に送って治療法を決定する——というプロセスを、はるかに短時間で行える。このスピードは、農村部でデング熱などによる急性の症状が出たときに大きな力を発揮する。

１億人以上のインド人が、病院から１００キロ以上離れた場所に住み、駆け込めるのは診断装置もない診療所だ。救急車が手配されて患者のもとに到着し、病院に運ぶまでに、最大４～５時間もかかってしまう。シグタプルが目指すのは、自社の装置を診療所に置いてもらうことだ。そうすれば、すぐに診断を下せるから、救急車は薬を積んで出発し、患者を乗せて病院に戻る途中に治療ができる。つまり、治療を始めるまでの時間を半分にできるのだ。

ナイジェリアやバルバドスと同じで、インドもいまだに基本的なインフラが整っていないため、ＡＩのサービスをなかなか活用できない。多くの場合、農村部の診療所はインターネットの接続がないか、スタッフが訓練を受けていないせいでテクノロジーを利用できない。携帯電話がつながる場所は多いが、ブロードバンドの速度は遅い。

インド政府は２０１７年、ＡＩや３Ｄ印刷、その他先進技術の予算を４億７７００万ドルに倍増させた。[36] 国民デジタル識別制度「Aadhaar《アドハー》」も導入し、データを利用した金融や医療のサービスを広げている。

ただしインドの場合、各州が政策の適用を現場で仕切っているため、トップダウンのイニシアティブは、中国ほどうまくいかない。しかも、バンガロールのインキュベーター「Khosla Labs《コースラ・ラブズ》」のＣＥＯスリカンス・ナダムニによると、過去50年間にインド社会の大半で教育や経済の急速な進歩が見られたものの、人口12億人のうち３億人ほどがいまだに貧困にあえいでいる。**ＡＩなどの先進テクノロジーを使うなら、「大きな課題や差し迫ったニーズを抱える、貧困層に集中的に使うべきです」**とナダムニは言う。「スマートフォンのセンサーを使ったＡＩによる診断が、『キラナ』（訳注：家族経営の小売店）で行えて、質の高い医療が地方の貧しい人たちに手頃な価格で提供できるようになれば、インドの医療は激変するでしょう」と。

テクノロジーがようやく地方や貧困の溝を埋め始めてはいるが、それらは今なお経済の持続可能性の障壁になっている。インド人の約３分の２は農村部に住んでいるが、国のＧＤＰの70パーセントを稼ぎ出すのは、ムンバイ、ニューデリー、バンガロール、ハイデラバードといったメガシティだ。

たしかにＡＩ搭載システムが克服できる障壁もあるが、プラットフォームを開発する企業は、何も持たない人々からどのようにもうけを得るのだろうか？　こうした場所は重要な市場にはならないのに、企業はどのように自社のアプリケーションを多種多様な文化――たとえば、国中の何十もの方言――に適応させるのだろう？　ただし問題は、農村の、あるいは貧しいインド人が人工知能を受け入れるかどうかではない――とナダムニは言う。「人々は、問題を解決してくれる手段なら、取り入れるでしょう」

むしろテクノロジーにまつわる懸念は、それが解決策と同じくらい多くの問題をもたらしかねないことだ。新たなＡＩシステムはリソースへのアクセスを民主化し、階級や収入格差を超えて人々の声を大きくしてくれるだろうが、その恩恵はテクノロジーに触れるすべての人に公平に降り注ぐわけではない。ケニアの農村の小規模農家の財産と言えば、ちっぽけな土地と、いくつかの道具と、携帯電話くらいのものだ。携帯電話は、市場価格や天気予報、作物の状況をチェックするのに使われている。このデジタル技術のおかげで、暮らしの管理がかなり楽になったのは事実だが、利益を膨らます一方なのは、技術を供給している、世界のテクノロジー・エリートたちだ。テクノロジーを開発して売るデジタル・インテリ層は、分不相応な力を蓄えている。そしてＡＩと同じで、こうした商品やプラットフォームの能力が高まれば高まるほど、彼らの力も急速に膨らんでいくだろう。

企業は世界の気象パターンや農業生産、市場価格、インフラ状況のデータを分析しているから、世界の資源をある市場から別の市場へとすばやく移せる。一方、田舎の農家やデジタルに疎い人たちは、投資銀行や世界的な食品企業やハイテク企業が企てる国際的な陰謀など、ろくに理解できない。だから、貧しいケニアの農家や、インドの田舎で4人の子を育てる母親もテクノロジーの恩恵を被るかもしれないが、自分の力をフルに発揮したり、食の正義や世界の所得配分といった倫理について発言したりするチャンスは、はるかに少ないだろう。

❖日本——鉄腕アトムが少子高齢化を救う？

『鉄腕アトム』が漫画デビューを果たしたのは1952年だが、アトムが暮らすのは未来のサイエンス・フィクションの世界だった。そこでは人間とロボットが仲よく共存している。アトムは人間の心を持つアンドロイドで、科学省長官である天馬午太郎《うまたろう》博士が交通事故死した息子の代わりにしようと製作したものだ。日本の雑誌『少年』に16年間連載され、多くの日本人の心をとらえたアトムは、誕生してすぐに天才科学者、天馬博士を失望させる。博士が「アンドロイドに、息子の代わりは務まらない」と気づいたからだ。アトムはロボットサーカス団に売られたが、大らかなお茶の水博士に救われ、ロボット家族の一員となって、いくつもの冒険をする。

112のエピソードから成るシリーズに加えてリメイクやスピンオフも生まれ、『鉄腕アトム』は今や日本の漫画・アニメ史上で最も影響力を持つ作品の一つになった。同時にこの作品は、日本人が人間とロボットの交流に抱く「共生思想」が示された、ポップカルチャーの参考資料でもある。

日本人がアンドロイドやロボットに親しみを覚える理由は、日本の人口動態と経済によるところが大きい（労働力の減少を補う必要があるからだ）が、昔ながらの哲学も無視できない。日本人は欧米人と違って、「人間が特別だ」とは考えない。それを踏まえれば、日本のAIの最先端が、人型《ヒューマノイド》ロボットとその他のロボット工学《ロボティクス》を軸に展開しがちなのもうなずける。そのどちらの発展も、日本の専門家が「ソサエティ5・0」と呼ぶ未来社会につながっている。

日本の今日の切迫感は主に、この国が直面している「人口絶壁」（訳注：人口統計グラフが急激に下落する現象）から生じている。低い出生率と移民嫌いが、日本の人口ピラミッドをひっくり返し、逆三角形型に変えつつある。企業は、引退する社員の穴を埋めようと人材獲得に苦労している。「どんな省力化の技術も重要です」とスタンフォード大学・アジア太平洋研究所・日本研究プログラム研究学者の櫛田健児は言う。「そこでは、AIとロボティクスが非常に役立つでしょう」と。

ところが、最新世代のロボットは何とも中途半端な状態に置かれている。2018年のロボットは、一つの作業を繰り返すようプログラミングされた従来型の工場機械よりはずっと優れ物だが、ハリウッド映画や日本のアニメに登場するヒューマノイドには遠く及ばぬままだ。

それでもその中間地点で、開発者たちはロボットの「知覚」と「把持《はじ》」（訳注：しっかり握り、持つこと）という対《つい》の作業において、かなりの進歩を達成している。これはおおむね新しい機械学習アプリのおかげだ。この進歩によってロボティクスは、松ぼっくりや鉛筆、ワイングラスといった不規則な形状の物の把持については「飛躍的進歩」の数歩手前まできている。「私は把持の問題に35年間取り組んできましたが、今や集団で何百万件もの事例から学べるクラウド・ロボティクスのおかげで解決間近だと感じています」とカリフォルニア大学バークレー校の「Center for People and Robots（人間・ロボットセンター）」のトップ、ケン・ゴールドバーグは言う。

把持の問題が解決すれば、ヒューマノイドの実現に一歩近づく。ただし、ロボットが環境に対する基本的な時間や因果関係の感覚を持たなければ、把持も知覚も日常の場面であまり役に立たないだろう。その手の認識には思考——たとえば、「コーヒーがなみなみ入ったマグカップをトレーからテーブルに移すときは、揺れないようにまっすぐ持たなくてはならないが、空っぽのマグカップならひっくり返しても勢いよく動かしても大丈夫」と理解するような思考——も含まれる。この程度のことがわかれば——人間ならはっきり教わらなくても、あるいは幼い頃に一～二度試してみればのみ込める程度の常識があれば——AIの進歩に多大な影響を及ぼすだろう。

ところが、こうした面に注目が集まることはなくなり、ディープニューラルネットワーク（訳注：ディープラーニングなどで用いられる、脳の仕組みを模したニューラルネットワークを多層に重ねたもの）による力ずくの処理ばかりが関心を集めている。

日本は、マシンに環境への認識を植えつける方法を盛んに研究してきたが、今のところ画期的な発見には至っていない。だからといって、日本中に自動化を広く導入する流れは止まらない。コンビニエンスストアのような24時間営業の店は、人手不足で営業時間を短縮し始めている。多くの飲食店はレジ係の代わりに、顧客が注文と支払いをこなせるマシンを導入している。工場をはじめ物づくりの現場では、引退する社員の技術や知識を集めてAIシステムに組み込む方法を模索している。組織としてのノウハウを守り、次世代の社員に伝えていくためだ。

幸い日本の場合、『鉄腕アトム』のような前触れのおかげか、AIを活用したロボティクスや自動化を採り入れるために、社会を大きく変える必要はなかった。

「ヨーロッパ人の同僚と話していると、ロボットを、人間社会を破壊する、人間の存続を脅かす恐ろしいものだととらえています」と、日本の産業技術総合研究所（AIST）で人工知能研究センター長を務める辻井潤一は言う。「海外ではモンスターのようなイメージを持たれがちですが、**日本では、ロボットは人間の護り手か友達のようなものなんです**」と。

このように、日本には人工知能をすんなり受け入れる土壌があるので、AISTは、製造、医療、高齢者介護といった現実の世界に直接組み込めるAIシステムの開発に注力している。「ただし限界もあります」と辻井は言う。日本は伝統にこだわる国だからだ。それでも、伝統が聖域だとは限らない。開発者たちは、失われつつある日本の伝統的な踊りをロボットに教え、国内で話題をさらっていた。

実は、辻井をはじめ日本のAI開発者たちは言う。日本の社会が先進テクノロジーを受け入れるのには、人口動態やポップカルチャーよりもさらに根深い理由がある、と。それは東洋では昔から当たり前の、基本的な哲学によるものだ。西洋思想と違って、東洋では人間が特別ではない。人も、動物も、植物も、ロボットやAIエージェントでさえも、連綿と続く生命の流れの中に息づいている。「私たちには、一神教の神のような『創造主』という概念がありません」と辻井は言う。「西洋文明は常に、『人間は神のコピーであり、人間には特権が与えられている』と考えています。アジアの文化には、そうした考えがありません。動物から人間まで、緩やかにつながっているのです」と。だから人間も動物も完璧である必要はない。実際、日本にはそれを表す言葉もある。「わびさび」という言葉には、人間から自然、さらにはロボットに至るまで、あらゆるものが持つ小さな欠点に美しさを見出す視点が含まれている。

東京大学・知能情報システム研究室の國吉康夫教授は、「人間そっくりのヒューマノイドは、人工知能の今後の成功のために重要だ」と強調している。AIの進化のためだけでなく、AIを社会に組み込んでいくためにも。國吉教授は、システムが人間の解剖学的・神経学的構造をなるべくそっくりにまねるよう設計している。「私たちは、人間のようなものをつくろうとしています」と教授は言う。「それが悪いことだとか、恐ろしいことだとは思いません。そこがおそらく欧米人と日本人の違いなのでしょう。欧米人の多くは、人間に匹敵するような別個の存在を容認できないのです」と。

✣カナダ――AIのCERN

カナダは欧米と考え方は同じだが、AI業界で絶大な影響力を持つのが一握りの専門家だからか、AI開発へのアプローチは、ほかの国々ほど高圧的ではなく、協力的なものだ。私は、カナダのエコシステムは「AIのCERN《セルン》」になったのだと思う。つまり、AIの世界的な研究の中心地として、互いの発見を支える環境とリソースづくりをしているのだ。ちょうど「ヨーロッパ原子核研究機関（ＣＥＲＮ）」が量子物理学の世界でそうしているように。

モントリオールでは、地元の開発者や投資家から成る影響力を持つグループが、米中で大量のデータセットを支配している大企業と協力して、データ生成《ジェネレーター》プログラムの国際的なネットワークづくりに着手している。カナダはスタートアップの強力なエコシステムを持ち、世界の尊敬を集めている。そしてその尊敬は、超一流のＡＩ専門家にも向けられており、彼らのオープンな姿勢が、世界中の優れた人材や国境を超えたつながりをカナダに引き寄せている。

世界的に有名な彼らが、**「略奪的でない市場競争」という概念を共有し、推進している**ことが功を奏しているのだ。ヤン・ルカン、ジェフリー・ヒントン、ヨシュア・ベンジオといった権威たちが、カナダのＡＩ業界に大きな影響を及ぼしている。「中でもベンジオの影響力は相当なものです」と語るのは、「Erudite《エリュダイト》 AI」の創業者兼ＣＥＯのパトリック・ポワリエだ。同社は、ＡＩを利用して仲間同士で学び合う指導プラットフォームを開発している。「ある方向性を信じて推進しているお手本がいれば、あなたも見習いませんか？」とポワリエは言う。「ベンジオはそういう意味で、市場にかなりよい影響を与えていると思います」。その反面、モントリオールには、スタートアップにとっての大きなイグジット（訳注：創業者やベンチャーキャピタルといった、出資者が利益を得ること）がほとんどない。開発者たちが大きな利益に味をしめれば、それを強く求めてくるのだろうが、今のところ「コミュニティが、ストックオプション（訳注：あらかじめ決められた価格で自社株を購入できる権利）をろくに理解も評価もしていないので、モチベーションは相変わらず、社会にどんな影響を及ぼせるか、なのです」とポワリエ。

ベンジオは、「Element《エレメント》 AI」を設立した。同社はおそらくカナダで最も有名なAIスタートアップで、カナダの今の考え方を色濃く反映している。「大企業がデータも人材も独占している現状への、代替モデルを提供したかったんです」と共同創業者の一人で、ベンチャーキャピタル「Real Ventures《リアル・ベンチャーズ》」の共同創業者でもあるジャン・セバスチャン・クルノイエは言う。

巨大インターネット企業がさっと舞い降りてモントリオールの著名な人材やリソースを横取りしていく前に、エレメント社は研究奨励《フェローシップ》プログラムを立ち上げた。このプログラムを通して、一流の研究者は同社に貢献しつつ、かなりの報酬を手に入れられる。同時に、学術研究を続け、次世代の養成もできる。エレメント社はこのプログラムで、世界中のAIの力を10社あまりの企業が独占している現状に対抗しようとした。「カナダ人は協力的です。私たちは支配しないことで知られ、ほとんどの国と友好関係にあります」とクルノイエは言う。「つまり、考え方はこうです。『AI企業をつくって、AIプラットフォームを構築しよう。でもそれを、必要としているすべての企業へのサービスとして提供しよう』」

エレメント社は自社のプラットフォームと顧客からのデータを組み合わせることで、中小企業がAIを開発してビジネスを営む支援をする。すると今度はクライアントが、データから得た知識を別の業界の企業と共有し、AIプラットフォーム全体を強化してくれる。自社でシステムを構築できない企業のために、より強力なシステムを構築してくれるのだ。「カナダ人のルーツが、私たちに考えさせたのです。一体どうすれば世界中の人たちがＡＩにアクセスできるようなエコシステムを構築できるのだろう、とね」とクルノイエは言う。実際、創業者たちは当初、非営利企業としてスタートするつもりだった。だが、一流の人材を集め、ソフトウェアを販売して会社の資金にするには営利企業にする必要がある、と思い至ったという。

エレメント社は創業の９ヵ月後に、１億ドルの資金調達に成功した。「自分たちが社会として望む形で、人が今より生産的・効率的になり、成長できるような形でＡＩを展開したいなら、社会構造や社会の支援システムも進化させなくてはいけません」とクルノイエは語っている。

だが、その社会構造――社会契約における暗黙のルール――は、国によって大きく違っているかもしれない。カナダのＡＩ業界は、より多くの人が参加できる未来を思い描いている。日本は、さらなる自動化に取り組んでいる。イスラエルでは軍がイノベーションに必要な力を与え、ロシアは起業家精神とまではいかないが、科学の遺産を育んでいる。

中国とアメリカは、強力な学術機関とさらに強力な商業部門をつなげている。とはいえ、こうしたさまざまな考え方を国境で封じ込めることはできないし、世界中の膨大なデータの流れをせき止めることもできない。

そういうわけで、ＡＩが搭載された世界の未来に影響を及ぼす、壮大なコンテストが始まっている。世界の大国が、自らの「価値観」「信頼」「力」を主張しようと競い合っている。

第4章

AI世界のパワーゲーム

❖倫理的思考が必要な理由

2012年、世界193ヵ国の代表がアラブ首長国連邦（UAE）のドバイに集まり、電話回線からインターネットに至るまであらゆることを規定する「国際電気通信規則」をまとめようとしていた。ただし、目の前のどの問題についても、一方的な主張が通ると考えている国は、一つもなかっただろう。

アメリカはコンテンツ規制のない自由なインターネット環境を求めていたが、そのスタンスには、中国、ロシアをはじめ世界中の多くの政府が反対していた。だがアメリカのテリー・クレイマー大使は、何度か予備会議を重ねるうちに、10の議題のうち少なくとも8つで妥協点を見出せるのではないか、と感じ始めていた。ところがその後、彼がいまだに「まさかの瞬間」と呼ぶ、そのときがやってきた。

会議《カンファレンス》に向けての早期会合で、スウェーデンの代表が「ＮＧＯなどの市民社会団体も会話に加えるべきだ」と主張した。その議論はかなり白熱し、「国連国際電気通信連合（ＩＴＵ）」のハマドゥン・トゥーレ事務総局長は、スウェーデンに「今すぐ退場を！」と求めた。「トゥーレ氏はよかれと思ってそうしたのだと私は信じていますが、彼の議論の進め方で、交渉しづらい雰囲気になりました」とクレイマーは言う。これで交渉がストップしたわけではないが、代表者たちはすぐさま「受け入れられること」「無理なこと」の線引きを始め、簡単には譲れない事柄については、交換条件を出すようになった。

それでも、クレイマーは希望を持っていた。コンテンツ制限の規制など、２つの問題では妥協点が見つかりそうになかったが、スパム対策やサイバー・セキュリティへの脅威については、ほぼすべての国が大筋で合意していたからだ。「トゥーレが合意に向けて努力し、友好な関係をつくってくれるだろう」とクレイマーは考えていたが、そうはならなかった。トゥーレは、議論を重ねれば成果が出そうな場面でも、無理やり採決に持っていった。「彼の行動によって一部の国は、公の場で名指しで非難されたと感じました」とクレイマーは言う。「アメリカのような国々の反応を、完全に見誤ったのです。すべての国が連携できる大事な問題で、合意するチャンスを逃しました」

そして、すべてが暗礁に乗り上げたのは、カンファレンスの最後の夜だった。ＩＴＵの首脳部が、土壇場でのイランの提案を、事前の議論も通知もなしに採決にかけることを許したのだ。

イランの提案は一言で言うと、「国にはインターネットを規制する、主権者としての権利がある」というもの。ITUの判断がアメリカを孤立させるためだったのかどうかはわからないが、まさにそうなりかけていた。クレイマーはヨーロッパの同盟国をはじめ、ほかの国々が支持してくれるかどうかわからないまま、ためらいがちに立ち上がった。自由でオープンなインターネットを制限する、いかなる提案も全面的に拒絶したのだ。採決の呼びかけに対し、55ヵ国が席を立ってアメリカの立場を支持した。「表現や起業家精神を認めるシステムをつくったのはアメリカです」とクレイマーは言う。「支持してくれた国々は、その基本システムに反対するつもりはなかったのです」

最終的に、「国際電気通信規則」は過半数の国々に承認された。アメリカはこの合意の受け入れや署名を渋った少数派だった。インターネットは世界中で、クレイマーやアメリカの関係団体が願ったような、自由でオープンなものにはなっていない。「これは長い戦いです。人々が長期戦に乗り気でないなら、私たちの旗色は悪いでしょう。長い目で、成功を求めなくてはならないのです」

インターネットの自由であれ、人工知能への規制であれ、アメリカが思い描いた地平線は、まだ遠い未来にある。アメリカも、ある意味ヨーロッパも、国際社会の中ではいまだに少数派なのだ。国々を招集して規制機関をつくるとしたら——たとえば、同じタイプの政府や人口が同じくらいの国々を招集するなど――どんな集まり方をしても、この問題ではアメリカは少数派のままだろう。一つ例外があるとしたら、GDP１ドルにつき１票が持てる機関をつくること。このやり方なら、先進経済諸国と途上国との間に大きな亀裂が生じるだろう。そこでアメリカは、まず同じ立場の55ヵ国が支持している問題に取り組む。それから、貿易交渉などほかの手段も使って影響力を高めるのだ、とクレイマーは言う。「組織の中で十分な影響力を培えたと感じたら、そのときに打って出るのです」

一方、AI開発者のコミュニティの中では、幅広い合意ができつつあるようだ。「世界のさまざまな文化的規範や政治的ニーズ、データの流れが、AI開発をどのように変えていくのだろう？」と懸念する人たちから、「広く受け入れられる基準」を求める声が上がっているのだ。IEEE（米国電気電子技術者協会）は、技術的な観点から、「IEEE P7000™（システム設計時の倫理上の懸念に対処するモデルプロセス）」という標準化プロジェクトを立ち上げ、業界を導いている。このプロジェクトは、「倫理的に配慮されたデザイン」で提起された問題とも直接関係している。

IEEEのジョン・C・ヘイブンスはこうした世界的な取り組みをまとめるとき、「AI開発を『GDPを超えて』考えることを推進したい」と思っている。そうすれば、GDPの拡大だけで成功をはかることはなくなる。「私たちの目標は、倫理的な思考を組み込むことで、成長や生産性を超えた新しい経済指標を目指し、個人の幸せと社会の幸せをつなぐことです[37]」とヘイブンスは言う。世界中に、同じような目標を目指すいろいろなイニシアティブがあるが、「基準」は研究所や作業台や重役会議室を超えるものでなくてはならない。

「私たちは、AIシステムが個人の主体性やアイデンティティや感情に影響を及ぼす未来に足を踏み入れる前に、立ち止まってよく考えなくてはなりません」とヘイブンスは言う。怠惰で無知で悪質なプログラミングを内部告発するエンジニアが、「業界にイノベーションをもたらした」と評価されるような企業環境が必要なのだ、と。

IEEEは今後、160ヵ国の42万人以上の会員向けに、一連の基準を導入するだろう。企業も、膨大な個人情報のずさんな取り扱いへの世間の圧力が高まるにつれて、ヘイブンスの言う「GDPを超えて」という考え方をいくぶん採り入れ始めるだろう。経済成長と人間の成長とを結びつけて考えるようになるのだ。

こうしてプロのエンジニアへの期待や、アルゴリズムの倫理についての考え方が培われていく一方で、国家は今後も、地政学的な支配権をめぐって張り合い続けるだろう。AIは、すでに述べたように軍事や防衛とつながりの深い技術だが、これは単なる軍拡競争ではない。認識力をめぐる、政治的・文化的な競争だ。**そう、物の見方や社会や経済を揺さぶる、認識力の能力をめぐる戦いなのだ。**

このレースのランナーには、政府や非国家的な政治家だけでなく、同じ考えを持つ個人の集団や民間企業、労働組合や教育者団体といった組織も含まれる。人間がＡＩコードに自分の価値観を組み込んだから、私たちが今自分の代わりにアルゴリズムにますます多くの判断をさせているから、いずれシステムとシステム開発者の感性が、私たちの人生に影響を及ぼすことになるのだ。

これらの価値観は、白人とアジア系の男性プログラマーのものだろうか？　それとも、独裁政府のものだろうか？　そもそも「全人類に幸せを提供したい」と考える、民間・公共部門のさまざまな分野の人たちが集まる環境で、価値観を構築することはできるのだろうか？

❖「AIの未来」に向かうさまざまな道

ＡＩ分野の支配を目指すレースは今後、いくつかの側面で展開されるだろう。

1つめは、「国力」とその国のさまざまな推進力だ。

たとえば、科学者や起業家に提供される財政支援額、ＡＩ分野の人材、研究能力、起業家エコシステムの柔軟性、さらには国が市民社会の価値観や信頼性をブランドとして諸外国に示す能力、などである。

2つめは、今挙げた基盤に「個人の力」を加えたものだ。

この側面を動かすのは、市民の力だ。市民の力とは、人が自分のイメージや自分の選択を自由に行使したり変えたりできること、ＡＩシステムが間違いを犯したときに補償を求められること、オフスイッチやオプトアウト（訳注：ユーザーが情報の受け取りなどを拒否すること）ができること、そして、市民がＡＩの成長を妨げずにＡＩの統治《ガバナンス》に関与する方法があること——である。

そして3つめの側面は、AI開発の方向性を決める「組織の力」だ。

データセットは十分な規模で、統計的にも有効で、正確だろうか？　そして、その土地のロビー活動の規範に沿うものだろうか？　たとえば、プログラマーと企業と政府には、個人の目標とコミュニティの目標を両立できるよう、システムを体系化する覚悟があるか？　そして、プライバシー、個人の主体性、個人の身元を保護する力を守っているか？　技術系官僚《テクノクラート》には、市民に代わってＡＩを統治し、ＡＩの成長を促し、不正利用を防げるだけの専門知識と能力があるだろうか？

このように国と個人と組織の力を融合するのは、むろん新しいことではない。それは今日の政治的・経済的な相互作用の中心に息づく力で、社会契約や国民国家の始まり以来、変わっていない。ただし、国際政治学者のヘンリー・キッシンジャーが「いかに啓蒙が終焉《しゅうえん》するか」というエッセイ[38]に書いたように、ＡＩはこうした、人間にもともと備わっている相互作用を、根本的に変えてしまう。

以前の私たちは、相互作用によって対人関係や公式な関係について考えさせられ、自分の価値観と相手の価値観をじっくり比較させられていた。おかげで批判的に考える力がつき、創造力も磨かれて、パートナーシップを改善できた。人工知能は私たちをこうした重荷から解放し、世の中を便利にしてくれるが、私たちが注意を怠ると、深く考える力や意思決定能力を麻痺《まひ》させられてしまう。

個人も組織も、「効率や便利さ」と「教養や思いやりのある市民でいることの大切さ」を両立する、新たな方法を編み出さなくてはならないだろう。このままでは多くの人も組織も、それを両立できずにつまずくだろう。テクノロジーがくれる楽さや便利さを喜んで受け入れ、深く考えるというつらく孤独な作業を避けるようになる（ソーシャルメディアを見ていると、もうそうなってきているのがわかる。私たちの脳の配線が変わってきたかのように）。組織に、ハードルを下げ、情報を流すよう求める圧力も高まるだろう。人間関係や投資など、世間をあっと言わせ、人間の卑しい本能を満たすような情報も、隠さず流すようにと。

だがその一方で、組織から本物の力が姿を現し始めるかもしれない。便利さと良心のバランスを取り、経済成長と同じくらい人間の成長を重視する動きが。

このバランスを大切にする国々は、思いやりのあるデザイン、忍耐強い思考、公益の追求に価値を見出す企業や人々を引きつけるだろう。

これについては、必ずしも民主政治や自由市場経済が有利だというわけではない。こうしたアプローチが、デンマーク、スウェーデン、シンガポール、アラブ首長国連邦といった毛色の違う国々ですでに始まっている。外の人間が彼らの哲学を好もうが好むまいが、今挙げた国々は認識能力の成長については一貫した哲学を持っている。彼らは、技術系官僚の厚い支援のもと、よく練った計画と高い科学技術能力を手に、統合的なアプローチを取り始めている。国際政治学者パラグ・カンナが著書『Technocracy in America（仮邦題：アメリカにおける技術官僚制）』[39]で指摘しているように、このアプローチは、今日の世界で経済力と政治力の拡大に役立つだろう。

人々と組織と国はこうした側面、とくに規制やデータ保護の制度について、互いのアプローチに反発し合うだろう。国々も、グローバリゼーションの最後の波が来てからずっと、こうした分野で争っている――ネットでの言論の自由、民間航空機の自由な航行、通信接続業者の所有権への規制、移民のビザ制度、貿易関税、多国籍企業への課税……。すでに人工知能をめぐっては、政治的・戦略的な方向性に大きな違いが出てきている。そうした違いの一つ一つが、認識力をめぐる今後のレースに大きな影響を及ぼすだろう。

ＡＩの３大スーパーパワーは、自らの歴史と心に従って未来に向かっている。アメリカのアプローチの目玉は、「たくましい巨大企業」だ。自由市場資本主義と、それが生み出した強力な民間部門と起業家コミュニティに大きく依存している。基礎研究や先端研究への重要な財政支援こそ政府が行っているが、イノベーションと支配はおおむね、国内のスタートアップと巨大デジタル企業によるものだ。

中国ではもちろん、政府と中国共産党が先進テクノロジーの開発に、さらにダイレクトに関わっている。共産主義が国を支配して以来、党による支配と保護が続いているのだ。中国にも巨大デジタル企業はあるが、企業と政府の影響力の境界線はあいまいで、場合によっては消えている。企業が長年にわたって、政府の許可のもとで自由に活動してきたからだろう。

西ヨーロッパは米中の後を追っているが、最近は両国の中間にある「コミュニティ・コモンズ」という道を選んでいる。巨大デジタル企業がないこと、政府の関与が控えめなことが、イノベーションと個人保護の両立をはかる、ＥＵ全体の取り組みを生み出したのだ。

❖ＥＵ――「個人の主体性」は障壁となるのか？

前の章で話したように、ヨーロッパにはヨーロッパ発の巨大デジタル企業がない。ＥＵは、グーグルやマイクロソフトを独占禁止法で何度も規制しようとしてきた。歴史的にも「全体主義」をイヤというほど味わってきたＥＵは、アメリカや中国の企業が市民のデータを引き出して、個人の保護に無頓着な管轄区域に置くのではないか、と恐れていた。

もちろん、プライバシーの問題を懸念しているのは、ヨーロッパの人たちだけではない。中国の市民も、隣人同士が通報し合うよう仕向けるシステムに反発した。そしてアメリカ人も、「国家安全保障局」が9・11の同時多発テロ事件以降、国内で「容疑者」をひそかに監視していたと知ってからは、以前より注意を払っている。実際、民間企業がデータ漏洩《ろうえい》を報告する事例が増え、ユーザーの信頼やプライバシーの範囲を超えて個人情報を共有してきた事実が明るみに出たことで、不安が高まっている。フェイスブックがケンブリッジ・アナリティカをはじめとした（中国企業を含む）提携企業と結んだデータ共有契約のせいで、CEOのマーク・ザッカーバーグは議会聴聞会でギラギラのスポットライトを浴びる羽目になった。この対立は、責める側、責められる側、どちらにも不快な気分を残した。

EUはその点で一歩進んでおり、データや人工知能にまつわる個人情報保護には、より厳格な条件を課している。新たに施行された「EU一般データ保護規則」は、個人情報の取り扱いでは、より大きな主体性を個人に与えている。誰かが自分のデータを消したいと思えば、企業は消去しなくてはならず、しない場合は、多額の罰金を科される。

この規則はまた、企業のシステムがなぜある人物についてその判断を下したのか、理由の説明を求める。つまり「説明可能なAI」を求めているわけだが、これはなかなか難しい。

すでに説明したように、複雑なニューラルネットワークの多くは、マシンに学習させることはできても、人間の担当者に、なぜ、どのようにその結論に至ったのかを伝えることはできない。また、AIを説明可能にするのはよいことのように思われがちだが、大きなマイナス点もある。

経済的な観点で言えば、ニューラルネットワークの設計者にとっては競争上の強みが失われ、便利なアプリケーションへの投資が減る恐れがある。それに、規制の少ない市場なら、より強力で便利なアプリケーションを動かせるのに、説明可能なAIとなると、開発も使用もかなり狭い範囲に限定されるだろう。初期の規制は、実験を厳しく制限してしまいかねない。

DFKI（ドイツ人工知能研究センター）のダミアン・ボースによると、多くの研究者が規制に苦しんでいる。個人情報保護の必要性は十分に理解しているが、「規制がEU全体のAI開発と導入に水を差しかねない」と嘆いているのだ。「私たちは、飛行機がどうやって飛ぶのか理解し尽くした上で乗るわけではありません」とボースは言う。一番大事なことは、飛行機もパイロットも航空管制も効率的に安全に機能している、と信頼できることだ。ただそれにも、ある程度の規制制度は必要だ。悲惨な状況になって、激しい非難の声が上がらないように。

「政府や規制機関は、個人のプライバシーの問題やAIが労働者に与える脅威など、難題に取り組まなくてはなりません」と語るのは、「欧州経済社会評議会」でAIに関する報告者を務めるカテリーネ・ミュラーだ。

EU当局は社会のさまざまな利益団体を集め、労働組合や企業の幹部と共に、仕事への影響を議論し、未来の方向性についての理解を深めようとしている。「私たちがこのテクノロジーの大きなポテンシャルから本当に利益を得たいなら、課題に取り組むべきです」とミュラーは言う。「明らかにそこに課題があるのに取り組まなければ、未来の政府は『こんなものは禁止だ』と言い出すでしょう。それはあまりにひどい。私は、規制がイノベーションを抑えつけているとは思いません。むしろ賢明なやり方で推進しているのです」

２０１８年４月に発表されたＥＵの報告書で、「人工知能とロボティクスへのヨーロッパのアプローチ」が提示された。[40] この計画には、「ホライズン２０２０」というイノベーション支援プログラムのもとで、ＡＩへの年間投資を70パーセントも増額することが含まれていた。ＥＵの政策執行機関である欧州委員会は、２０１８〜２０２０年に「ホライズン２０２０」への財政支援を18億ドル（15億ユーロ）に増やす、と発表した。報告書には、「ＥＵ加盟国とヨーロッパの民間部門がこれと同じ取り組みをすれば、財政支援額は２０２０年末までに２４０億ドル（２００億ユーロ）に達するだろう」と記されている。そして、「ＥＵ加盟国と民間部門はその後の10年間は毎年、それと同額の２４０億ドルの投資を目指すべきだ」とも書かれていた。

さらにこの報告書には、５００のデジタル研究開発センターを設立し、ヨーロッパ全土にある既存の研究センターとつなぐ計画も示されていた。こうしたすべての施設は、ＡＩ開発を支援し、ＡＩがもたらす社会経済的な変革への備えになるだろう。こうした取り組みは、ＥＵ加盟国が倫理的・法的な枠組みに守られながら、ＡＩの使用に何を期待するのかを、さらに明らかにしていくだろう。

ただし、この報告書には、「これが苗床となって新たに巨大デジタル企業が育ち、民間部門の

ＡＩ開発が加速するだろう」とは一切書かれていない。代わりに示されているのは、米中のＡＩ経済のエンジンである「巨大デジタル企業」というモデルへの代替案だ。

今提示されているＥＵのアプローチは、いつでもＡＩを利用できる「ＡＩオンデマンド」戦略に近いもののように見える。ＡＩを送電線や光ファイバーケーブルのような、デジタル経済にとっての基本インフラ投資のように扱っているからだ。さらに言えば、ＥＵのアプローチは、２つのステップを加えている点で「環境に優しいエネルギー」のイニシアティブにも似ている。

まず１つめのステップとして、この計画には、新たなＡＩモデルと大規模なデータ保管所へのアクセスを民主化する取り組みが含まれている。これによって、個人もどんな規模の組織も、ＡＩアプリケーション開発の重要な２つの要素にアクセスできるようになる。これは第３章で扱った、カナダのエレメントＡＩ社のプログラムによく似ている。

２つめに、このＥＵの計画は、２つの新たな資金調達の仕組みづくりを検討している。ＡＩの開発と利用を支援する、６億５００万ドル（５億ユーロ）の「欧州戦略的投資基金」と、25億ドル（21億ユーロ）の「汎欧州ベンチャーキャピタルファンド・オブ・ファンド」である。こうした資金は、国際的なＡＩ競争には極めて重要である。

マッキンゼーのデータによると、ヨーロッパの２０１６年のＡＩ分野への民間投資額は約30億～40億ドルで、ほかの地域より遅れている。同年の北米の民間投資額は、合計で１５０億～２３０億ドルにのぼり、アジアは80億～１２０億ドルだった[41]。

これらの提案は、ヨーロッパにとって明らかに一歩前進であり、「良心的な開発を行い、AIを社会的・経済的成長のために活用する」という強い意志の表れでもある。だが、ヨーロッパはやはりAIへの支出では、西を見ても東を見ても明らかに一歩遅れている。

ヨーロッパはまた、「デジタル単一市場」「安全性」「サイバー・セキュリティ」という枠組みで、5億人のAIイノベーション市場を生み出せると証明する必要もある。それは、多様性に満ちたこの地域では、歴史的な挑戦といえる。多様性はデータの観点から見ると強みになり得るが、ヨーロッパは多くの点で、いまだに経済的、政治的、文化的に分裂したままだ。それが、起業家のビジネス拡大の邪魔をしている。市場や経済において、規模はやはり重要なのだ。

❖デンマーク・モデルはEUの突破口になるのか？

皮肉なことに、EU内にデジタル化された福祉国家があることが、ヨーロッパのAI開発を推進するチャンスになるかもしれない。たとえば、デンマークのオールボー大学の教授で技術人類学者のマヤ・ホイヤー・ブルーンは、デンマーク人のドローンに対する反応を調べようと、ある実験を行った。市民の家の上空にドローンを飛ばし、ドローンがまだ頭上にいる間にインタビューをしたのだ。すると、住民のほぼ全員が「政府が適切な規制をしているはずだから、操作する人たちもルールを守っているだろう」と答えた。

ヨーロッパのすべての国と市民がこれほど穏やかな反応をするとは限らない。「行政のサービスが幅広くデジタル化されている、デンマークならではでしょう」とブルーンは言う。だがこれは、ヨーロッパの多くの人が、政府のテクノロジー管理に信頼を寄せている一例でもある。

デンマークは、ＥＵの先頭を走っている。**デンマーク政府は、国民との間にデジタル化についての信頼を築くことにかけては、なかなかの実績がある。**もう何年も前に、行政オンラインサービス「Borger.dk」や市民の電子私書箱「Ｅボックス」など、かなり大規模なデジタルプラットフォームを整備した。おかげで市民は、納税申告書の提出も行政サービスの相談も、オンラインで行える。また、学校ではコンピューター科学を教え、デジタル文化について議論し合うので、子どもたちもデジタル能力を養える。

ブルーンは今も、個人情報がデジタル化されるとき、どんな解釈がなされるのか、個人の価値が下げられることはないのか、と懸念している。それでも、「ほとんどのデンマーク人が、政府の規制のもとでのＡＩイノベーションを信頼している」ことはたしかだと考えている。「当局への信頼が厚いのです」とブルーン。「でも、この信頼を保つことが大切です。国民のデータを営利目的で売ったりして、信頼関係を壊してはいけません。たとえば、人々は自分たちのデータを使って、公衆衛生やインフラを改善するのには前向きですが、常に有意義な目的を求めます。企業の利益のためではなく、ユーザーであり市民である自分や社会のためでなくてはならないのです」

タフツ大学フレッチャー大学院で上級副学部長を務めるバスカー・チャクラバルティの報告書によると、一部のヨーロッパ諸国、とくにスウェーデンではデジタル全般への信頼が厚い[42]。チャクラバルティは世界42ヵ国でデジタルへの「姿勢」「行動」「環境」「経験」を調査し、この4つのカテゴリーでの国民の信頼度で各国を採点した。「姿勢」つまり「ユーザーがデジタル環境について、どう感じているか」を見ると、フランスとノルウェーの得点はどちらも2・41で、アメリカは2・45と、パキスタンの2・66よりも低い信頼度を示した。ドイツはそれよりわずかに高い2・73だった。一方、中国の得点は3・04であることから、デジタル・サービスに広くアクセスできることが、テクノロジーへの信頼にはつながらないことがわかる。「信頼度が低いと世界デジタル経済での国力も低くなる」という証拠はないが、信頼度が低いのはむろん助けにはならない。中国の場合は明らかに、党からのさまざまな干渉はあっても、テクノロジー開発を繁栄につなげる国の能力の高さが、国民のデジタル政策への支持につながっている。

ヨーロッパには、デジタル化という新しい動きを批判的にとらえ、市民を守る手立てを講じる能力はあるが、デジタル市場で世界的に活躍できる企業や人材が少なすぎる。世界が興味を示すような、技術経済発展への代替モデルを持っていないのだ。ベルリン、ハンブルク、ロンドンのテクノロジー分野は活況で、間もなくパリもそうなるだろう。ただし、製造業に若干デジタルが浸透してきたのを除けば、ヨーロッパ全体、ましてや世界のマスマーケットに拡大していくほどの規模ではない。

ヨーロッパ諸国とEUは、このＡＩ経済を拡大していきたいのだろうか？　あるいは、単にがっちりと守りを固めたいだけ？　もし守りを固めるだけなら、米中をはじめ、世界市場に影響を及ぼせるだろうか？

「私は、ヨーロッパの経済発展を憂慮しています」とクレイマー大使は言う。彼はアメリカで大使に任命される前は、長年ヨーロッパに住んでいた。「大規模に展開できるデジタル資産を世界の競争環境に持ち込めなければ、どうやって成長するのでしょう？　望み通りに交渉を進めたり、影響を及ぼしたりできるでしょうか？」

❖ロシア――威嚇の内側は、実は空っぽ？

西ヨーロッパはＡＩイノベーションと個人の主体性のバランスに腐心しているが、その東にそびえる隣人たちには、そんな懸念はほぼなさそうだ。ロシアの発言からは、「地政学的な勢力を振るうためのＡＩ」という役割しか伝わってこない。

ところが、プーチン大統領の「ＡＩで主導権を握る国が世界の支配者になる」という発言を除けば、発展の基盤となるエコシステムは不十分に見える。少なくとも商業面では、ＡＩの主導権を握るのに必要な資源が足りていない。[43] ただしセキュリティの分野では、ロシアは今もかなりの力を示している。

「ロシアの科学技術を侮ってはいけない」とホルスト・テルチクは言う。テルチクは、ドイツのコール元首相の国家安全保障担当補佐官を務めた人物で、ロシア問題の専門家として長年活動している。テルチクは2004～2005年の話を始めた。その頃、私（オラフ）は、彼が社長を務めるボーイング・インターナショナル社のドイツ事業所で働いていた。当時、ロシア人の同僚たちは、モスクワにいる2000人のエンジニアたちのクリエイティブな力に胸を張ることができていた。彼らはボーイング社にとってコスト効率の高い、とてつもなく重要な資産だった。

「毎年約10万人の若者が、キャリアの可能性を求めてロシアを離れている」とテルチクは言う。

「でも、宇宙産業や防衛産業の仕事を求める若者の見通しは明るい。結局アメリカは、ロシアのロケットを使って、クルーや機器を共同宇宙ステーションまで運んでいるのだから」と。

「実際、国が支援する技術開発は健在です。何しろプーチン大統領の一番の関心事は、独裁的な権力を保つことですから」と、アメリカの元ロシア・東欧担当国防副次官補イブリン・ファーカスは言う。プーチン大統領は、石油・ガス生産の波に乗って権力の座に就いたが、石油もガスも不安定で、国民の忠誠心を保証してくれるものではなかった。そこで、ロシア当局は「一筋縄ではいかないが開かれた」環境を閉じ始め、NGOやLinkedIn《リンクトイン》のような企業を追い出して、サーバーへのバックドア（訳注：サーバーに設定された、不正侵入のための裏口）を要求し始めた。

とはいえ、中国に比べれば、西側のインターネット企業にとっては、まだかなり開放的な環境である。それは、前の章で話したように、「アイパブロフ」のプロジェクトが政府の財政援助を受けて、言語処理のためのオープンソースのデータベースをつくっていることからもうかがえる。

だが、「新《ノヴォ》ロシア」（訳注：ウクライナからの分離独立と、「ノヴォロシア」共和国連邦の創設を宣言した地域）が出現し、彼らがロシア帝国を改めて重視し、過去のプライドに再投資し始めても、「ロシアの科学技術の能力は衰えている」とファーカスは言う。研究にはもうソビエト時代のような広さも深さもない。

この状況はプーチン大統領が人工知能を重視し始めたことで変わるかもしれないが、**ロシアが研究開発にほとんど興味を示さないせいで、「頭脳流出」が起こっている。**若い専門家が、イスラエルのような支援の厚い環境を目指して出て行くからだ。

「彼らが国を出る理由の一つは、象牙の塔を出て科学界で活躍するチャンスがなかなか得られないことにある」マイク・クズネツォフは言う。彼はＩＢＭの子会社「Aspera《アスペラ》」のコンサルタントで、私たちのシンクタンク「Cambrian.ai《カンブリアン・ドット・エーアイ》」のロシア戦略担当者でもある。

中国や欧米で、ＡＩ開発の成功者たちに認めてもらう数少ない方法の一つは、研究結果を公表し、オープンソースの開発に参加することだ。だが、ロシアの研究者が商業的なプロジェクトに参加するには、ロシア貯蓄銀行やガスプロムといった国有の大企業と手を結んでいなくてはならない。「起業のチャンスが少ないので、多くの科学者にとって選択肢は3つしかありません。政府系の企業のための研究プロジェクトに参加するか、学術機関に残って基礎研究をするか、助成金で細々と食べていくか――それしかないのです」とクズネツォフは言う。この状況が、新たなひらめきや最先端の技術が、世界を変革するベンチャーに投じられるチャンスをしぼませている。

❖中国――うろつき始めたデジタル・ドラゴン

世界の指導者の例にもれず、プーチンも、時には他国の政治的・社会的な結束を乱すことで、自国の地政学的な影響力を広げようとする（2016年のアメリカ大統領選挙がその一例だ）。中国も、とくに習近平が指揮を執り出してからは、影響力の拡大を目指している。

習や中国共産党、そしてほとんどの中国人にとって、**人工知能は中国を過去のステータス（地上で最も偉大な社会）に戻してくれる重要なエンジン**にほかならない。影響力がどこまで広がるかは、「一帯一路」次第だろう。

一帯一路とは、発展途上国への何十億ドルものインフラ投資によって、中国の影響力の拡大を目指す野心的な計画だ。過去の孤立主義を脱し、世界の力と文化の支配者として再び幅をきかせようとしている。ＡＩは一帯一路で極めて重要な役割を果たしている。アジアのほぼ全域にわたって陸地と海港に築く、インフラを支えているからだ。一帯一路の目標は、かつて中国とヨーロッパを結ぶ交易ルートだったシルクロードと、一連の海港を構築し直すこと。それによって中国は、アジア、アフリカ、中東、ヨーロッパの貿易の中心地や、エネルギー探査にアクセスできる。

人工知能でトップを目指すレースが、こうした野心を裏付け、明らかにしている。「海外勢力に何世紀も搾取されたあとに、中国が世界で正当な地位を取り戻す」という考え方は、国家の威信に関わる問題になっている。中国共産党が「偉大な中国人の復活」にまつわる物語を煽った結果、人々は――教養あるエリートが中心だが、ますます多くの一般人も――人工知能がその実現に欠かせないツールだと考え、飛びつくようになった。

そういうわけで、中国においてAI搭載のテクノロジーは多種多様な役割を果たしているが、プライバシーに対する考え方は、欧米とは違う。「それは中国指導部の問題ではなく、中国の文化の問題です」と語るのは、国際的な戦略コンサルティング会社「オルブライト・ストーンブリッジ・グループ」のプリンシパルを務めるエイミー・チェリコだ。同社は、国際市場の複雑さに対処するクライアントを支援している。「中国政府や国民が、プライバシーに無関心なわけではありません。むしろその逆です」と彼女は言う。

中国は2017年、個人情報の保護にまつわる複数の法律を可決し、アメリカを苛立たせた。

これらの法律はデータを中国国内に保管するよう求めるものだったが、規制の目的の一つが、アメリカでは一般的な「迷惑マーケティング」のたぐいを制限することだったからだ。アメリカ人の目には、党が監視したいからデータを支配しているように見えるが、**中国人の目には、党がデータの安全性を保ってくれているように見える。**「政府がプライバシーを厳しく取り締まるのは反体制派を抑えつけたいからではありません。社会を管理するためなんです」とチェリコは言う。

そうした安定性が、何よりも優先されるのだ。ハーバード大学の社会科学教授、ゲイリー・キングが行った2013年の調査によると、中国の検閲官は党や政府への批判ではなく、社会秩序を懸念している。キング教授のチームは、検閲官が好ましくない投稿を削除する前に、約1400のソーシャルメディア・サービスへの投稿を収集した。そして「意外なことに、国や指導部や政府の政策に対するネガティブな、痛烈な批判でさえも、検閲される可能性は低い」と研究論文に書いた。「むしろ検閲プログラムは、内容を問わず、社会の流動化を示したり、強化したり、促したりするコメントを封じることで、集団行動の抑制を目指している[44]」と。AI分野で中国の優位性が急速に高まっていることが、この安定性を維持するのに役立っている。国家の威信を膨らませ、党への支持を保つ力になっているのだ。

ただし、「中国にはまだ、進歩を妨げる日常的・構造的な課題があります」とチェリコは指摘する。AIはそうした問題に取り組む助けになるかもしれないが、AIだけでは解決できないだろう。

たとえば、政府は今も膨大な数の国民に、基本的な医療を提供するのに苦戦している。だから中国は、ＡＩや先進技術への支出と、基本医療を改善するイニシアティブへの支出とのバランスを取らなくてはならない。

国はまた、農村の住民が経済的なチャンスを求め、次々と都心に流入してくる問題にも対処し続けている。中国では、医療や子ども時代の教育といった公共サービスの多くが、「戸口」と呼ばれる戸籍制度と結びついている。政府の社会保障サービスの多くが、農村戸籍か都市戸籍かを基準にしているが、農村からの移住者が都市戸籍に転換するのは、大都市ではとくに難しい。都市戸籍を持たずに都会に引っ越した親は、都市の住民なら無料の学校に子どもを通わせるのに、お金を払わなくてはならない。政府は、非公式のカースト制度を生み出しているシステムに若干の修正を加えてはいるが、いまだに何百万人もが、重要な行政サービスを受けづらいまま放置されている。

ただし、中国はこうした問題に対処しながら、人工知能やロボティクス、半導体、生命科学への取り組みも加速させられるリソースと手段を持っている。

30年前なら、世界をリードする資本、市場、人材、技術革新がそろっているのはアメリカだけだった。「今や中国もこうしたすべてを手にしています」とバイドゥ社長でマイクロソフト・リサーチ・アジアの元トップ、張亜勤《チャン・ヤーチン》は言う。「人材はそろっています。テクノロジーはまだアメリカに後れを取っていますが、その差は縮まりつつある。中国の市場も資本もアメリカに引けを取らないし、人口の規模を考えると、中国のほうが有利かもしれません」

その上、中国にはさらに大きな利点がある。張が「チャイナ・スピード」と呼ぶ展開の速さだ。中国人は伝統的な産業においてさえ、進んで新しいアイデアを取り入れる。**商店はAIが何かわからなくても商売に導入したがる。**どんな消費者取引もおおむね現金やクレジットカードではなく、電子決済に移行しているのだ。「調査によると、中国人の約90パーセントが無人自動車を支持している。ちなみに、アメリカでは52パーセントです」と張は言う。こうした感情はもちろん、メガシティのとんでもない交通渋滞や人口密度の高さ、都心の環境汚染に後押しされてのものだが、中国人はとにかく「さまざまな新技術を採用したい」思いが強いのだ。

このスピードの源の一つは、包括的なイニシアティブを命じて実行する政府の能力の高さと、自国の大企業に協力を求める政府の熱意である。再生可能エネルギーで環境汚染を軽減する計画や、社会信用システムで信頼と商業を支える計画もその好例だ。アメリカ政府はここまでのことを、マイクロソフトやアマゾンなどの民間企業に決して求められない。それでも張によると、このスピードの源は、やはり国民自身にあるという。

中国人はここ数十年、自国がハイテク大国として浮上するのを目の当たりにし、中国企業が世界最先端ブランドとして成功するのを楽しんできた。だが、おそらくもっと重要なことは、「政府の方針がブレないのを見て、自分もテクノロジーがもたらす繁栄の余沢にあずかれる、と国民が信じていることです」と張は言う。

これをどんな中国人よりも体現しているのが、アリババの創業者、馬雲《ジャック・マー》である。馬は小学校、中学校の試験に何度も失敗し、大学入試でも失敗を重ね、ようやく卒業したあとも、就職活動で苦労した。ケンタッキー・フライド・チキンのマネジャーの仕事に手を挙げたときは、24人の応募者のうち、一人だけ落ちた。多くのインタビューで本人が語っているように、ハーバード大学には10回出願して、結局入れなかった。1999年に会社を設立したが、ベンチャー投資資金を得るのにも四苦八苦した。[45]

その悲しき小さなスタートアップ「アリババ」は、2018年には世界最大のデジタル企業の一つに成長し、同年4月、馬の資産は推定385億ドルに達した。[46]

❖ AI時代のハイブリッド紛争

1987年、著名な経済学者、レスター・サローが日本の仙台で講演を行った。そのときの一言が、以来何十年も私（マーク）の頭を離れない。それは、「第2次世界大戦後、アメリカはある産業（自転車）を除くあらゆる業界で世界をリードしている」というものだ。当時、唯一の栄誉に輝いたのはイタリアだった。

この本を書いている今、あの圧倒的なアメリカの優位は衰え、世界経済はよりバランスの取れた多極的なものに変わっている。先進技術の分野も例外ではない。ただし、中国の地政学的・技術的な影響力は増しているものの、人工知能におけるアメリカのリーダーシップはまだ揺らいでいない。アメリカの大学、企業、政府支援の取り組みは、今なおイノベーションの最先端を押し広げており、新たな競争力は、少なくともある程度、シリコンバレー、ボストン、シアトルといったアメリカのハイテク中心地から生まれている。

中国の教育を管轄する「中国教育部」によると、2017年には60万8000人を超える学生が海外に留学し、その大半が欧米の大学で学んだ。留学後に中国に戻る学生は「ウミガメ」と呼ばれるが、その数は2017年には11パーセント以上増え、その約半数が欧米の大学で修士号以上を取得していた。欧米の大学は今も、科学技術でも、社会を批判的に分析する視点でも、革新的な思考の最先端とされている。[47]

「スタンフォード大学・行動科学先端研究センター」も、そうした一流の研究施設の一つだ。アラティ・プラバカーは、オバマ政権の間、数年にわたってDARPA（国防総省高等研究計画局）を率いたあと、かつてベンチャー投資家として過ごしたシリコンバレーに戻り、同センターの特別研究員になった。ここのプログラムを通して、彼女は、今日の世界のとてつもない複雑さをモデル化し、理解しようと努めている。プラバカーの先端研究の大半は、彼女の多彩な経験から生み出されている。

こうしたキャリアはアメリカのイノベーション・リーダーの間では珍しいものではないが、この経歴ゆえに彼女は「アメリカの科学技術がＡＩをリードする」物語の推進役にふさわしいのだ。たとえば、プラバカーは今、「適応する規制」という概念を検討している。つまり「度が過ぎない程度に実験し、学ぶことを許してくれる規制です」と彼女は言う。「政策や規制は、ある程度の合意を得て、社会に安定をもたらすべきものです。個人や企業が一定期間、その基本原則に頼れるような」とプラバカー。「規制のペースを、テクノロジーのペースに合わせてはいけません。そんなことをしたら、規制とテクノロジーの板ばさみになってしまうでしょう。ただしある程度、ペースを合わせることはできます」

「ＡＩを含む先進技術は、社会問題に取り組み、人間の行動について学んでいます。だから、人類に途方もない影響を及ぼすでしょう」とプラバカーは言うが、私たちはまだまだ初期の段階にいるのだという。認識機械は驚くほど大量のデータを処理できるが、深い理解を提供できるマシンはまだ1台もない。だから研究者たちは、ＡＩの膨大だが限定的な処理能力を使って、人間をさらに深く理解できる経済モデルや行動モデルを構築しようとしている。もちろん、今のモデルはもともと不十分なので、その上に加えたり変革したりしてよりよいモデルづくりに努めている。「あなたがさらなる飛躍を遂げて、より豊かな、より代表的なモデルをつくりたいけれど、ＡＩは人間のすべてをまねられないとしたら――一体どうしますか？」とプラバカーは問いかける。

あるときＤＡＲＰＡは、天候や土壌の状態といった環境要因と人的要因とを追跡し、アフリカや中東などの食糧危機を予測するモデルの開発に取り組んでいた。だが、独裁政権がどんな反応をし、それによって農業生産がどのように脅かされたり、促されたりするのかは、完全にはモデル化できなかった。だから、より洞察力に優れたモデルをつくるなら、こうした変数も計算に入れなくてはならない。「今日のＩＴの大きな目標は、これまで不可能だとされていた規模や複雑さに立ち向かう能力を持つことです」とプラバカーは言った。

複雑なシステムを考えるにあたって、ＡＩ開発の専門知識を超えて、「ＡＩの今後の進化」を定義するのは、アメリカの研究者が今も得意とするところだ――こう述べるのは、トム・カリルだ。カリルは慈善イニシアティブ「シュミッツ・フューチャーズ」のイノベーション部門の主任で、元ホワイトハウス科学技術政策局（ＯＳＴＰ）技術革新担当副部長である。ただし、国のモデル同士の衝突が続いており、モデルの相互作用で何が生まれるのかは、はっきりとはわからない。「中国の政治経済学は、国力を最大にすることを重視しますが、アメリカの政治経済学は、資本の効率的な配分が得意です」とカリルは言う。「中国が、ＡＩや量子計算のようなテクノロジーでトップになろうと、必要なお金を進んで投じるなら、たとえ効率は悪くても、効果はあるかもしれません。アメリカの政財界のリーダーたちが、それに対処する戦略を持っているようには見えません」

中国は今も制度に大きな課題を抱え、学術面での成果やモラルの問題にも悩まされているが、

「ウミガメ」たちの帰国で、問題はいくぶん解決されるだろう。それに彼らが戻れば、技術、経営、文化に新たな視点がもたらされ、中国のＡＩエコシステムは向上するだろう。ＡＩの飛躍的進歩がどの国で生まれようと、それが人類に恩恵をもたらすものなら、国々のつながりが世界中の生活を改善する可能性がある。

ただし、アメリカの専門家が懸念し始めているのは、中国が市民社会と国防をどの程度融合しているかだ。すでに明らかな価値観の違いが見え始めている。それは、一般市民が国の安全保障に貢献すべきかどうか、どのように貢献すべきか――をめぐる価値観だ。アメリカや西側の軍隊はおおむね、戦争と平和を明確に区別し、市民と軍の領域を分けているが、中国人民解放軍はそうではない。[48] **政治的・経済的な競争は進行中の戦いの一部と見なされ、国民全員が関与する。**国がずっと軍事衝突からかけ離れた状態にあってもだ。これが大きな懸念を生んでいる。

「中国が欧米の民主主義や社会に干渉するのではないか」

「ビジネスや個人の穏やかな人間関係の中で、知的財産が盗まれるのではないか」と。

だから、従来の「ＡＩ軍拡競争」の概念と、最近国々が互いに継続的に行っている諜報・防諜活動とを区別することが大切だ――と「戦略国際問題研究所」副所長のジェームズ・アンドリュー・ルイスは言う。「ＡＩの主導権争いでは、軍事用語は意味を成しません。これは戦争ではないし、軍拡競争でもありませんから」。軍事領域でデジタル・イノベーションを推進することは、それほど新しい概念ではないが、ルイスによると、アメリカは今たしかに、経済的・文化的な影響力をめぐって、政治的に相容れない新しいライバルと向き合っている。その国は、冷戦以来アメリカが目にしたことのない反撃能力を持ち、その競争を「多くの領域にまたがる、勝つか負けるかの戦い」ととらえている。

ＯＳＴＰはトランプ大統領のもと、国内外のＡＩ関連の規制については、自由主義のアプローチを採用した。大統領の技術政策担当副補佐官のマイケル・クラッツィオスの発言によると、ＯＳＴＰは、アメリカが起業家精神とイノベーションの最先端であり続けられるよう、国内でハイテク・スタートアップへの障壁を取り除く予定だ。クラッツィオスは「国家科学技術委員会の下に『ＡＩ特別委員会』を設置する」と発表した２０１８年5月の演説で、次のように述べた。「多くの場合、アメリカ政府が取れる何より有意義な行動は、邪魔をしないことです」[49]。彼は「政権は存在しない問題の解決には努めない」とも述べており、それよりむしろ、民間部門が政府の研究所やデータなどのリソースを活用できるよう努めたいとしている。クラッツィオスはまた、ほかのＧ7代表と連携し、共通目標を宣言する一方で、「ホワイトハウスは国際的な舞台で、アメリカのポテンシャルを骨抜きにはしない」と強調している。国内では、トップダウンの政策をとると民間部門のイノベーションについていけないので、「政権は、最悪の事態を恐れて、国際公約で国を縛ったりはしない」とも語っている。**アメリカは、エジソンが最初の電球を点ける前に、官僚主義を発動させたりはしなかった、と。**

既存の国際機関に頼ると専門知識や包括性《インクルーシブネス》が足りないために、中国が独自のグローバル・

ガバナンスのモデルづくりに走ってしまう可能性がある。中国自身が主張しているように、彼らはもう欧米のルールや制度の下で活動したくはないし、戦争や冷戦のルールも変化している。

冷戦時代は、敵が心理戦に長けていたので、アメリカも影響力を及ぼせる独自のテクニックを持っていた。「ラジオ・フリー・アメリカ」もその一つだったし、西ドイツや中東に大学を設立したりもしていた。

だが冷戦後は、「心理作戦」はホワイトハウスのあるペンシルベニア通りではなく、高級店が建ち並ぶ5番街の仕事だとされるようになった。ルイス副所長も「エジプト人の同僚から、『君たちアメリカ人は、プロパガンダがまったく下手だ。ソーダ水を売るような気分でいる』とからかわれました」と話している。そこまでひどくはない気もするが、たしかに中国とロシアは最近、ＡＩやソーシャル・ネットワークを使って、心理的な影響を広げるのにかなりの実績をあげている。チラシや対面での誘惑より、ずっと効果的に感情に働きかけるのだ。今日の戦争は、複雑な社会組織の中で起きている。「民軍融合」による、いわゆる「ハイブリッド紛争」だからだ。

今日、中国とロシアの軍事原則《ドクトリン》は、情報や経済といった非軍事的な手段を使うことを検討している。公共データや個人データのさらなる収集を行い、ライバルの社会に混乱を引き起こすためだ。「大きな変化は、経済的な戦略に表れるでしょう」とルイスは言う。ＡＩや自律性を兵器システムに組み込むのは新しいことではないから、今それより興味深いのは、次の事実だ。「あなたの意思決定は、一消費者としてか、企業としてかによって変わる。それは、ＡＩにアクセスする能力が違うからだ」。そういうわけで、「アメリカ・サイバー軍」は何をサイバー行動ととらえるか、その概念を変えた。個人のハッキングや攻撃から、持続的で高度な組織的活動へと視点を移したのだ。こうしたサイバー行動は、アメリカの軍事力から社会の結束まで、あらゆるものの弱体化を狙っている。[50]

もちろん、だからといって従来型の防衛アプリケーションのAIがどうでもいいわけではない。中国は文化的・経済的な影響力をかなり強めたが、アメリカは今のところ、軍事力やスマートな軍事技術については優位を保っている。その要因の一つは、2014年に当時の国防長官、チャック・ヘーゲルが明らかにした「第3の相殺戦略」だろう。この戦略は自動技術をはじめとしたAI搭載テクノロジーを「戦闘能力」に組み込むことで、軍の「あらゆる敵に対する通常戦力の優位性を取り戻し、それによって通常戦力による抑止力を強化する」ことを目指している――とオバマ、トランプ両政権で国防副長官を務めたロバート・O・ワークが、国防総省の報告書に記している。[51]

これは同省の先進技術への支出に関する報告書で、ワーク元副長官が取締役を務め、政府の分析やビッグデータを扱う「Govini《ゴヴィニ》」社が作成したものだ。それによると、2017年度のAI、ビッグデータ、クラウド技術への機密扱いではない防衛支出は74億ドルにのぼり、2012年度から32・4パーセントも増えている。人工知能がその合計に占める割合は3分の1にすぎないが、5年間の増加に最も貢献したのがAIだった。

「資金の多くは、バーチャル・リアリティ、バーチャル・エージェント、コンピュータービジョンに投じられました」とゴヴィニ社のマット・ハマーは言う。彼は同社の分析・助言サービスの責任者で、この報告書の共同執筆者だ。支出の伸びの大半が、諜報、監視、偵察といった活動に集中していた。どれもＡＩ搭載テクノロジーで分類・解析できる音声、動画、その他のデータを大量に生み出す活動である。ハマーによると、ＤＡＲＰＡのあるプログラムでは、自然言語処理プログラムがバーチャル・エージェントと連動し、戦地で高度な翻訳サービスを提供している。そのサービスは、兵士が海外派遣されたときに耳にするかもしれない、マイナーな方言に対応している。その一方で、今やアメリカ軍は、素朴な一般市民との罪のないおしゃべりも録音してチェックし、それを使って軍事攻撃を命じることさえできる。うっかり一般市民を密告者にして、彼らを標的にしてしまいかねない。

ほかのアプリケーションでは、偵察用ドローンが集めた膨大な動画から、今ではかなり細かい判断ができる。人間が分析していた頃は、ある範囲内で興味の対象をすべて特定するのに苦労していたが、機械学習ならずっとすばやく効率的に背景映像を分析できる。これについては、最近の軍事行動のデータを多く持つ国が圧倒的に有利だ。米中の民間部門はいずれも、ＡＩモデルを訓練するのに必要な大量のデータセットを構築しているが、軍事アプリケーションに関しては、どんなデータセットでも役に立つわけではない。「軍事行動の中でデータを収集するわけですから、この分野では、アメリカが非常に有利です」とハマーも述べている。

そういうわけで、米中の先進分野への防衛支出は、すぐには減りそうにない。とくに、DARPAなどの政府機関によるイノベーションの成果が、徐々に商業利用されていることを思えば。最先端分野でトップを走り続けることが、軍事面、経済面での優位を保つ助けになる。そしてそのためには、ハマーが指摘するように、ビッグデータが今後も何より重要なのだ。

❖新たな「ルネサンス」か「世界戦争」か？

これは2頭や3頭で走る競馬にはならない。AI競争の先頭を走るのは明らかにアメリカと中国だが、英国、ロシア、イスラエルといった安定の2番手も、はるかに遅れているわけではない。それに続く数十ヵ国も、AIが広く導入された未来には、重要な役割を果たすだろう。

アラブ首長国連邦（UAE）には人工知能専門の政府機関があり、個人用の輸送ドローンなど、未来型の先進テクノロジーのアイデアを実験したい企業を歓迎している。2017年10月、副大統領兼首相のシェイク・ムハンマド・ビン・ラーシド・アール・マクトゥームは、27歳のオマール・ビン・スルタン・アル・オラマを初のAI担当の国務大臣に任命した。その任務は、「次世代の技術、科学、テクノロジーの追求を通して、UAEをAIへの備えが世界一整った国にする」ことだ。UAEが実際にどんな道を進むのか——ヨーロッパのように規制を重視するのか、アメリカのように実験を重視するのか、中国のように命令を重視するのか——は、今後明らかになるだろう。だが、はっきりしているのは、ＵＡＥを先進的な実験と投資の中心地にするために、ＡＩがより包括的な経済開発戦略になっていくこと。

すでに、イーロン・マスクがアイデアを世に広めた、超高速輸送システム「ハイパーループ」や、中国の超小型多国籍企業《マイクロ・マルチナショナル》「億航《イーハン》」が実験中の旅客用無人ドローン、海水淡水化や太陽エネルギーの新たなプロジェクトなどを始動させている。ＵＡＥは石油と巨額の資金をバックに、世界経済の舞台で華々しい成功をおさめ、その後、景気の波も経験した。その教訓から学んで、今は未来に向かって活動分野を広げている。

この動きは、カタールやイランといった近隣諸国との競争でさらに加速するだろう。カタールもイランも技術的に進んだ中東の大国で、経済状態や政治的利益、地域の同盟国などをめぐってＵＡＥと張り合っている。

小さくて文化的に均質で、かなりの資金力があり、たしかなビジネス基盤を持つＵＡＥは、シンガポールやデンマークと同じで、ＡＩへの投資を加速させる条件がすでに整っている。中央集権国家であり、個人のプライバシーや自由より安全性とセキュリティと安定を重視しているあたりが、中国と同じで実験に向いている。

だがアメリカと違って、デジタル起業家の豊かな伝統やエコシステムがない上に、小さな国ゆえにＡＩシステムの訓練に必要な大規模なデータ集積《プール》もない。とはいえ、これらは制限要因ではあっても、完全な障壁ではない。適切なデータセットと、適切な専門知識と、適切な規模の計算能力があれば、誰でもこのレースで躍進できるし、その参加によって、今日の地政学的な原則もつくり替えられていくだろう。

『ネクスト・ルネサンス　21世紀世界の動かし方』（講談社）、『「接続性」の地政学：グローバリズムの先にある世界』（原書房）の著者であるパラグ・カンナが示すように、私たちは「新しい中世」の時代を生きている。政府、都市、企業、NGO、個人といった多種多様な当事者が、権力や影響力を求めて交渉し合っている。私たちがそれを「新たなルネサンス」に変えるのか、「新たな世界紛争」に変えるのかは、先になってみないとわからない。——このカンナの描写は、新しい「AIの春」が訪れる前のものだったが、今やデータは静かに国境を超え、ある国で収集されたデータが、別の国で一握りの優秀なエンジニアたちに処理され、監査されているかもしれない。この一握りの集団を引きつけ、彼らの成長を支えられる者が、最終的に活気あふれる新たなルネサンスを生み出せるのだろう。

彼らの意図がいかに崇高なものでも、その起業家や研究者の集団の中に、他国でどんな文化的・倫理的・法的な影響が出るのかについて、きちんと判断できる専門家がいることはまれだ。だから、各国政府は、目に見えないデジタルな影響などろくに考えもせず、AIのさまざまな規制や政策の実験を続けている。すでに説明したように、自由放任のアプローチに傾く国もあれば、個人情報の使用やAIの透明性や説明可能性にまつわる規制に積極的な国もある。中には、その場しのぎの規制しかしない国もある。この違いは、今後10年のうちにますます顕著になるだろう。巨大デジタル企業が、貪欲にデータやもうけを求めて、さらに多くの国々に手を広げていくからだ。

そうなると、従来からある懸念は高まり、新たな懸念も生じるだろう。規制、ＡＩの影響力、社会や経済との関わり……こうした事柄についての哲学も、対立し合うだろう。そう、あるべき形で。

そうした衝突とその結果は、結局のところ、「価値観」「信頼」「力」の問題に集約されるだろう。アメリカの社会や機関への持続的な攻撃のせいで、アメリカ政府が国民を軍人化したり、道徳的権限や例外主義といったアメリカの概念にも、新たな疑問が生じることになるかもしれない。人工知能はサイバー戦争の枠を超え、今や社会組織を構成している個人の生活に干渉している。それは、アメリカが大切にしている「軍と民間人の分離」を脅かしかねない。「信頼」に対する考え方も対立し合い、アメリカとヨーロッパは、データとデータの利用法を個人が管理できるようなＡＩ規制モデルの開発を主導することになるだろう。

中国は、個人のプライバシーについては違う道を歩んでいるが、欧米の企業や政府は、個人の管理や主体性の強化に責任を負う、新たなビジネスモデルを構築する必要があるかもしれない。それが結局、信頼を高めるからだ。

その信頼はのちに、地政学的な影響力やソフトパワー（訳注：その社会の文化や価値観や政策が他国の共感や理解を得て、国際社会で発揮される影響力）をめぐる競争において、何らかの役割を果たすだろう。欧米諸国は投資額こそ少なめだが信頼に基づくモデルを提供し、中国は資金とインフラは多めに提供するが個人のデータ管理や公民権の保護は手薄だ——といった具合に。

中国のベンチャーキャピタル、「創新工場《シノベーション・ベンチャーズ》」のＣＥＯ、李開復《カイフ・リー》は、『ニューヨーク・タイムズ』紙の論説ページに「(大国の支援のもとでは)途上国が、経済的に依存してしまう」と書いている。「途上国は福祉助成金と引き換えに、大国のＡＩ企業が自国のユーザーからもうけ続けるのを許すことになる。そんな経済協定は、今日の地政学的な同盟を変えてしまうだろう」[52]と。

一方、私たちは「アメリカの科学技術が、コグニティブ・コンピューティングや関連アプリケーションの分野でトップを走る状況は変わらない」などと思い込んでいてはいけない。そうした浅はかな主張の多くは、「中国の学術機関が欧米の一流大学のレベルに追いつくには、長い時間がかかる」という前提に基づいている。アメリカが研究大学のシステムを構築するのにかかったのと同じくらいかかる、と踏んでいるのだ。だが、中国はすでに人材や専門知識を抜き取るのがうまい、と判明している。第2次世界大戦後に、アメリカがヨーロッパにしたのと同じように。

そして忘れてはならないのは、中国が過去60年間に3億人以上を貧困から救い出したことだ。しかも、近年の機械学習に関する研究論文の数では、南北アメリカを抜いている。

ＡＩの国際競争は多くの問題を解決し、同じくらいたくさんの新たな課題を生み出すだろう。進歩とはそういうものだ。だが、このＡＩ競争の中でどんなに重大なことが起ころうと、世界のイノベーションの苗床から生まれるアプリケーションは、世の中を変え、私たちが今日想像もつかない形で、人類に恩恵をもたらすだろう。

❖新たなＡＩ大国──「地球認識力」の超大国とは？

おそらく、経済開発プログラムほど、ＡＩや先進技術による「民軍融合」をわかりやすく示しているものはない。

中国は「一帯一路」を使って、途上国に中国のルールに従うよう働きかけている。とくに、大規模な投資の見返りに、中国の「公正」「公平」「正義」の概念に屈するよう求めている。[53]

たとえば、カザフスタンは、約70ヵ国と共に中国製のインフラネットワークを受け入れたところ、海外とつながるアップグレードされた港も、ハイウェイも、鉄道も、瞬く間に利用者が増えた。２０１７年の最初の10ヵ月間に、ある駅の利用者数は前年の2倍になった。[54]

だが、この贈り物は条件付きだった。中国との契約は、中国の企業と商品と労働者を優遇するもので、カザフスタン当局が自国の中小企業のためにチャンスをつくるのは難しかった。個々のプロジェクトが実施される何ヵ月か前には、カザフスタンの住民たちがある法改正に抗議していた。農地が外国企業に長期間貸し出されることに反発したのだ。

こうした国々は、ＡＩや先端技術の導入と使用については、今後ますます中国政府の感性に合わせなくてはならないだろう。中国のテクノロジーが新しい「スマート・インフラ」を支え、そこに組み込まれる予定だからだ。こうした、国の世界的な影響力の拡大・強化を目指すテクノロジー競争は、将来にわたって影響を及ぼすだろう。

中国をはじめとした超大国は、ただ経済的・政治的・軍事的な力を誇示したいわけではない。彼らは、**世界中の人たちが何を信じ、どのように判断し、どの程度マシンに判断を委ねるのか、その手綱を強く握りたい**、と考えているのだ。

世界人口の60パーセント以上を占める約70ヵ国が、中国の社会信用システムを渋々受け入れるなんて想像しづらいかもしれない。だが、世界貿易の約3分の1を生み出し、世界のGDPの約40パーセントを稼ぎ出す彼らも、命令に従うほかないのだろう。世界最大の人口を誇る市場と商売がしたいなら。これらの政府も国民も、どっとなだれ込んでくる中国製の携帯電話に頼り始めている。そして、発展途上市場に何百万ドルものネットワークを構築するのを助けてくれる、中国の意欲にも。

このネットワークはすべて、ファーウェイなどの巨大中国企業が開発したテクノロジーを基盤にしている。その開発を支えているのが、人工知能のアプリケーションであることは間違いない。世界中でアメリカのリーダーシップが衰え始め、先進国が世界経済に一貫したビジョンを持ちづらい時代に、中国のビジョンは魅力的な代替案になるのかもしれない。

中国が地球認識力の超大国として浮上することが、世界の経済秩序にどんな2次的・3次的な波及効果を及ぼすのか、それを見極めるのは難しい。その大きな理由は、中国が最終的にどんな立場を取るのかが、はっきりしないからだ。第2次世界大戦後の世界は、アメリカ主導の連合国国際通貨金融会議《ブレトン・ウッズ》と国連型のシステムを軸に展開し、透明性が高く予測可能な路線を歩んだ。

中国はアメリカよりはるかに歴史のある国だが、共産主義体制になってからまだ70年しかたっておらず、２０１８年前半に習近平が権力を強化してからは、再び進化を遂げつつある。中国はまた、自国に依存し、自国に国々を引き寄せるような国際体制を設計したり、影響を及ぼしたりすることに、アメリカほど熟練していない。さらに、大規模な常備軍を持ってはいるが、航空母艦や長距離爆撃機、巡航ミサイルで誇示できるハードパワーは、アメリカよりかなり小さい。

一方アメリカには、軍事力、経済力といったハードパワーも、ポップカルチャーのようなソフトパワーもある。空前の経済発展を先導してきた、国民のデジタル化に成功したビジネスモデルも健在だ。この物語は今も世界中の多くの場所で興味を引いているが、いくぶん輝きを失いつつある。とくに、感動的なサクセスストーリーに基づく、新しくて魅力的な中国の物語と比べたら。アメリカが投入するＡＩアプリケーションも倫理も影響力も、今なおアメリカの外交機関や民間組織が活動する多くの国に浸透している。**結局のところ、登録者が国民だとしたら、世界最大の国はフェイスブックなのだから。**ただし、ケンブリッジ・アナリティカ事件などのスキャンダルや、アメリカのほかの巨大デジタル企業や政府機関が抱える問題を考えると、アメリカの影響力も危機に瀕しているのかもしれない。

第5章 そう遠くない未来についての未来予想図

❖「個人情報」は誰のもの？

そう遠くない未来に、ＡＩプラットフォームは、交通、天候、インフラ、その他のユーザー情報を組み合わせ、グーグル・マップよりはるかに総合的で便利な「ガイド」を生み出すだろう。曇った夜は、翌朝土砂降りになる前触れだ。地面を流れる雨水とインフラのデータが示すのは、82パーセントの確率で、あなたの通勤ルートにある工事中の下水管がどっとあふれ出すこと。日程表には何本か電話の予定は入っているが、緊急の会議の約束はない。そういうわけで、プラットフォームがスケジュールを自動調整し、在宅勤務か別のルートで出勤するかの選択肢を示してくる。グーグルは２０１８年の時点で、すでにこうしたデータのほとんどを収集している。それを今話したような分析に落とし込むのに、それほど大きな技術的進歩はいらない。

入手できるデータがどんどん増え、それをさまざまに活かすアイデアが浮かべば、企業や開発者は世の中をますます便利にできる。たとえば、そのシステムは、夫の予定表に問題が生じたことにすぐさま気づき、妻のスケジュールを調整して、子どもたちのお迎えとサッカー教室への送迎を振ってくるかもしれない。また、フランスで航空会社のストライキが起きそうな情報をつかむと、孫娘の誕生日に間に合うように、パリ発フランクフルト行きの深夜便を鉄道に変更するよう勧めてくる。大西洋を横断するフライトのときは、栄養と睡眠の計画も立ててくれる。心臓に優しい食事を注文し、メラトニンのサプリの量を調整して、血圧やコレステロール値や睡眠を適度に保ってくれるだろう。

今話したようなことが起こっていいのは、プライバシーや個人の主体性に関する設定を、ユーザー本人が管理している場合だけだ。何かのサービスを利用するときも、友人や知らない人とデータを共有するときも同じだ。私たちはすでに、データ所有権の大半を政府や巨大デジタル企業や多くのサービス提供会社に引き渡している。たいていの場合、ほかに選択肢もなく、データがどう扱われるのかも知らないままに。

個人情報の所有権と管理をユーザーが確保する取り組みは、世界中で生まれている。データの不正利用が明るみに出て、いろいろなリスクが明らかになるにつれて、こうした動きは勢いを増すだろう。

ただし、たとえユーザーが参加しない《オプトアウト》ことを選んでも、別の危険が待っている。知らないうちに、「デジタルフットプリント（訳注：インターネットを利用したときに残る痕跡）が大きい人ほど信頼できる」と考えるＡＩに、監視されているからだ。この亀裂は、今後10年間に広がっていくだろう。ＡＩに基づくサービスに対して、オプトイン（訳注：ユーザーが情報の受け取りなどを承諾すること）・オプトアウトの権利を求める人が増えていくからだ。

私たちは、人々が「参加型」「不参加型」に二分されていくのを目の当たりにするだろう。活発なユーザーか、一切利用しない人か、どちらか一方が恩恵を被ることで新たに深い分裂が生まれ、法的なもめごとや市民のいざこざも起こるだろう。

裕福な市場とそのＡＩシステムが、恵まれない人たちのニーズをないがしろにするようになり、**世界の多くの人々が、ゆっくりとだが着実に落ちこぼれていく。**

政治家は、社会の安定や経済成長や有権者の信頼が、ぐらぐら揺らぐのを感じるだろう。公共機関は、まったく新しいタイプの不平等と向き合うことになる。

❖無料サービスから「バウンサーボット」へ

今後は私たちのプライバシーを守り、デジタル上の人格《デジタル・ペルソナ》を守る新しいアプリケーションが登場するだろう。ＡＩが進化するにつれて、現在のようにネットに足を踏み入れた途端に、絶えずデータが漏れ出すようなモデルではなく、ユーザーが望むときだけ個人データの貯蔵庫が開くようなモデルが現れるだろう。企業や政府はすでに「デジタル強要」を試みている。ユーザーがほしくてたまらない商品やサービスに自分たちの望みを包み込んで、ユーザーがシェアしたい以上の情報を引き出しているのだ。そういうわけで、私たちは今後、おそらく新たな保護エージェントを生み出すことになるだろう。**いわゆる「バウンサーボット」(用心棒)である。**

バウンサーボットは、私たちのデータに巻きついたベルベットのひもをパトロールし、私たちが望むものには即座にアクセスさせるけれど、「さらに深く知りたい」という相手側の望みは撃退してくれる。バウンサーボットは私たちの代理として、私たちが求める物を探し、それと引き換えにデータや仮想通貨をさっと一気に放出するが、それが終わればまた個人保護の壁を築く。巨大インターネット企業をはじめほとんどの企業はこのコンセプトを受け入れないだろうし、バウンサーボットをプラットフォームに持ち込む消費者へのサービスを拒むかもしれない。過去20年ほどにわたって、私たちは「タダ」で提供されるサービスの恩恵を受けてきたけれど、最近、「タダ」とはどういうことかが見えてきた。**ユーザーが、「無料サービス」と引き換えにデータを渡す際に払ってきた代償に、気づき始めたのだ。**

音楽業界がデジタルテクノロジーによって抜本的な変化を遂げたように、消費者が望むものを与えずに戦ったところで長くはもたない。データ駆動型の企業と個人消費者のプライバシーをめぐる対立は、現実的なビジネスモデルを生み出すことで、バランスを取ることになるだろう。消費者はテクノロジーが許容ラインを踏み越えてもめったに異議を唱えないが、唱えたときには大きな騒動になりがちだ。たとえば、マテル社のＡＩ対応のバービー人形が子どもとの対話から情報を収集している、と物議を醸したときのように。

とはいえ、私たちはすでにもっと詳しい情報を提供している。スマホは私たちがどこにいて何をしているのか、毎日毎分情報を集めているし、適切なアプリを入れると、睡眠パターンまでモニタリングしてくれる。スマホでさらに細かいデータを集めれば、企業から日常的にメンタルヘルスのサービスを受けることもできる。

重い精神疾患患は、治療後に再発し、再入院になるケースが多い。その悪循環を断ち切れるテクノロジーや治療法はまだ少ないのが現実だが、マインドストロング・ヘルス社のポール・デイガムは、それを変えたいと考えている。同社は患者のスマホの使い方を精密に測定し、患者の病状を見守る。スワイプやタップなどスマホ操作の回数やパターンから、認知能力を調べる指標を生み出したのだ。そして、患者の認知能力が衰え始めると、深刻な事態に陥る前に家族や介護者に警告する。「おおむねよい反応をいただいています。心が弱ったときに、このアプリがあると安心ですから」とデイガムは言う。

マインドストロング社の認知能力のモニタリングは、いずれアルツハイマー病などの認知性疾患の見守りにも広がるだろう。デイガムは、このテクノロジーで、精神疾患を抱える人の再入院率を半減できるのではないか、と考えている。

❖デジタル封建制度の誕生

いずれにせよ、思考機械は常にデータという〝食べ物〟に依存しているので、ネットにつながっている人といない人との「情報格差《デジタル・ディバイド》」を拡大していく恐れがある。途上国の、とくに田舎に住む人たちは、ＡＩ搭載システムの恩恵を被ることが少ないだろう。

ネットにふんだんにアクセスできたり、ＡＩと深く関われたりする人たちは、その強みをさらに強化できる立場にある。経済価値の高いフットプリントを残す人たちは、自分のデータと引き換えに、望めばアクセス権をどんどん拡大できるからだ。彼らは最悪の場合でも、少なくともオプトアウトを選べる。

裕福でデータが豊富な場所でも、人工知能は社会を二極化させられる。人々を同じ考え方の人たちで固めたバブルの中に押し込んで、信念や価値観を強化させ、そうした信条を深く考えなくてはならないような交流や摩擦を減らすのだ。

こうしたことを私たちはすでに、アメリカ社会で目にしている。さらに一歩進めば、ＡＩシステムは、デジタルなソーシャル・エンジニアリング（訳注：パスワードや暗証番号などを人的・心理的な手段で入手すること）を助けたり、小さな平行社会をいくつも生み出したり、企業がある年齢・性別・民族の求職者だけに的を絞って、ほかの人たちを締め出したりする力になるだろう。そう、すでにフェイスブックで目にしているように。[55]

今後ますます、ネット以外の場所で生まれたデータが、デジタル情報を重視する人たちから軽んじられる状況が増えるだろう。彼らは、たやすく効率的に「実用的なアイデア」に加工できるデジタルデータを評価している。データをコンピューターに取り込まれたくない人たちにとっては、問題ないことのように思えるが、彼らが集団やコミュニティや社会で地位を選ぶ力は制限されていく。

この新しい「データ農奴」と「データ領主」のパワー・バランスを見ると、「デジタル封建制度」が誕生したことがわかる。そこでは、最小のデジタル価値しか提供しない者は、最小の選択肢しか与えられない。これは意欲的な顧客を、いや、巨大デジタル企業をはじめとしたプラットフォームの所有者と設計者を優遇する取引なのだ。

封建制度のたとえは、職場にも当てはまる。農奴と領主の関係を後押ししている企業はたいてい、安くて融通のきく労働力で得をしている。いや、この問題はさらに深い、労働・消費経済の根本的な変化につながっている。「労働者が専門的なスキルを提供する、一貫した雇用関係」という仕事の概念はバラバラに崩壊しつつあり、その欠片《かけら》はオンライン上で待つ大勢の人たちに提供されている。彼らは念入りに仕事を選び、自分のライフスタイルや懐《ふところ》事情に合わせて働いている。**このやり方でうまくいくのは、教養のある人と若者である。**企業が求める需要の高いスキルか、需要の変化に対応できる時間とリソースを持つ人たちだ。だが、家族の最低限の生活を支えるために先の見通しを立てたい人たちには、不向きなスタイルだ。

❖AIシステムが生み出す「やりがいと自由」

「そんなことはない」ふりをするのはやめよう。ＡＩシステムの進歩は、前代未聞のスピードで仕事の中身を変革し、職を駆逐していくだろう。そして、今は想像もつかないような新しいスキルの需要が高まる。

そんな激動のプロセスにおいて、人々や政府や経済や企業がどんな反応をするかは、誰にもわからない。ロボティクスを禁止する国もあれば、課税する国も出てくるだろう。さらには、企業が保持できる分析結果やデータの量を制限したり、ＡＩ搭載アプリケーションが日常生活に浸透する深さを制限する国も出てくるだろう。労働組合は、ストライキで反旗を翻すかもしれない。かつてのフランスの農民やアメリカの自動車工場の労働者のように。新世代のラッダイト運動（訳注：イギリス産業革命期の労働者による機械破壊運動）の労働者たちは、マシンを破壊しようとしたり、電力や水を自給してアナログな隠れ家に引きこもろうとするかもしれない。

経済学者や政治家の中には「最低所得補償（ＵＢＩ）」を提案する人もいる。ＡＩや自動化による失業者を支えるために、国民全員に最低限の所得を提供する制度だ。あるいは、労働者が所得の一部を使って、自分の仕事を奪うマシンの株を持てばいい、と主張する人たちもいる。たとえば、トラックのドライバーなら、自分の代わりに働く自動トラックの株を持ち、そこから利益を得るのだ。だが、失業の不安やセーフティネットを求める声が上がる一方で、人々は気づき始めるだろう。**今日多くの人が「つまらない」と感じている退屈な作業を、認識機械が引き受け始めたことに。**

２０１７年のギャラップ社の世論調査によると、世界の労働者の約85パーセントが「職場と心のつながりを感じない」と答えている。私たちは一体何を守ろうとしているのだろう？　それならばＡＩを使って生産性や意欲や目標が高まるような仕事を設計し、労働者を訓練したほうが賢明ではないだろうか。**ＡＩシステムとの「共生関係」をつくれば、労働者は、やりがいも業績もアップするような仕事に取り組む時間を増やせる可能性がある。**もしくは、単純に自由時間が増えるから、ビーチでカクテルを飲んでハッピーになれる。

❖クリエイターの創造性を高めたアドビソフト

文化や社会を問わず、人間は何かを創造したり、自分を表現するのが大好きだ。自己表現のルールやしきたりはさまざまだろうが、創造性や充実感はたいてい仕事に表れる。そうした潜在的なエネルギーを刺激すれば、**生産性や発展の新たな波が解き放たれ、世界中で生活やイノベーションのレベルが上がる**だろう。

アドビシステムズ社は、「フォトショップ」や「イラストレーター」など世界中のアーティストやデザイナーが使うソフトウェアを提供しているが、ＡＩを導入し、クリエイティブな作業の退屈な部分を取り除いてきた。写真の「赤目」を自動修正するシステムから、写真の背景を広告キャンペーンに合わせて交換できるツールに至るまで、アドビ社の進歩のおかげで、人々はクリエイティブな部分にさらに時間をかけられるようになった。以前は何週間もかかっていた修正作業が、今では数分でできたりする。「そのおかげで、多くの作品を生み出せます。私たちの言う能率とはこういうことなのです」と、同社のエグゼクティブ・バイスプレジデントであるダナ・ラオは言う。「プロのクリエイターたちは、今も自分のスキルを使い、自分の知性を使っています。ただ、前よりずっと楽に仕事ができるのです」

当然ながら、こうしたすべてにも負の側面はある。すでにＡＩによるクリエイティブなツールを、事実を曲げたり、詐欺を働いたり、誰かをだますのに使っている人たちもいる（実際、加工写真は「フォトショした」などと表現される）。

２０１８年の春には、デジタル加工されたオバマ前大統領の動画が、ネット上でいくつも拡散された。どれもかなりリアルだったが、実際のオバマの発言を使ったものは一つもなかった。悪気のないものも、好意的でないものもあったが、どの動画もオバマの顔の表情や口の動きや声を加工し、事情を知らない人には本物に見えるようにつくっていた。

優れたデジタルスキルを持つ人が、偽のニュース映像を組み合わせれば、起こってもいないことを信じさせられる。彼らは映画監督のようにふるまっているが、目的はただ一つ。私たちの物の見方や考え方、会話や判断を変えたいのだ。

だが世の中には、そうした偽物に対抗するテクノロジーもある。「Digimarc《デジマーク》」社の、画像や映像のフレームに電子透かしを入れる技術もその一つだ。また、改竄《かいざん》を追跡できる技術が現れたら偽造はさらに難しくなる。映画製作者は映画のシーンをブロックチェーン（訳注：ビットコインの取引を記録する技術として開発されたデジタル台帳）で管理することになるかもしれない。そこでは、痕跡を残さずに編集ができないからだ。こうした検証や台帳の技術を使えば——幅広い層のユーザーに、確認と記録管理を分散できるので——改竄や不正行為の可能性が減るだろう。

❖人間の仕事がなくならない理由

不正利用の危険があっても、世の中がＡＩ搭載ツールを使う勢いは鈍りそうにない。歴史的にも本質的にも、企業にはマシンを使う動機がある。**社員の数を減らして、優秀な少数の社員に操作させたいのだ。**

多くの国、とくにアメリカには、企業に社員の教育や社員の変革を促す、経済的・政策的な奨励策《インセンティブ》がほとんどない。そんな中、企業にしてみれば、ＡＩは社員の生産性を上げ、人間の労働者につぎ込むお金を減らす動機をますます高めてくれる。すでにほとんどの大企業が、ＡＩを業務に組み込む方法を考えている。知的分野でサービスを提供する「ＫＰＭＧ」社によると、２０１７年の人工知能と機械学習への世界のベンチャー投資額は１２０億ドルで、前年の60億ドルの２倍に増えた。[56]

歴史的な傾向が目安になるなら、こうした投資は、企業が求めるスキルの種類を変えていくだろう。２０１７年、オックスフォード大学のある研究結果が世間の注目を集めた。それは、「アメリカの仕事の47パーセントが、今後20年以内に自動化される恐れがある」というものだった。同年12月に発表されたマッキンゼーの報告書によると、世界の仕事の約半分が、今すでにあるテクノロジーで「技術的には自動化できる」。報告書の推定では、３億７５００万人もの労働者が、２０３０年までに転職を余儀なくされる。[57] それまであと10年と少ししかない。

ほかの研究者やシンクタンクは、仕事の「創造的破壊《ディスラプション》」についてさらに詳しく観察しており、違う結論を導くものもある。私たち（著者）が参加している「ＷＩＴＳ（The Berkeley Work and Intelligent Tools and Systems）」の作業部会では、知的ツールの時代に、私たちがいかに世界や職場を方向付けていけるのかを探求している。専門分野の垣根を越えたこの共同研究では、仕事のテクノロジー変革を作業ベースでとらえている。

別のドイツの研究は、「スマート・テクノロジーが大規模な失業をもたらすことはないが、ある種の仕事の作業構成や雇用には、構造的な影響が出るだろう」としている。**製造業にはマイナスの影響が、サービス業にはプラスの影響が、そして女性よりも男性に影響が出る**という。[58]

少数ではあるが、シンクタンクやコンサルタント会社の中には、楽観的な見解を示しているところもある。たとえば、コンサルティング企業「アクセンチュア」の2018年1月の報告書によると、企業は、人間とマシンの最先端のコラボレーションに投資すれば、2022年までに収益が38パーセント増え、雇用水準も10パーセント伸びる可能性があるという。

結局のところ、問題は、仕事が変化して労働者が解雇されるかどうかではない。間違いなく、多くの人が解雇されるだろう。しかも、「超知能《スーパーインテリジェンス》」などなくてもそうなる。

2018年にすでに登場している特化型のAIエージェントが進化すれば、職場のさらに多くの作業が自動化される。問題は、どれくらい早くこの変革が起こるのか、私たちは（とくに、教育や労働者の訓練の面で）変化についていけるのか、変化に伴って生まれる新しいチャンスを想像する力を育めるのか——である。

ただし、仕事はなくなったりしない。メディア企業「オライリーメディア」の創業者兼CEOのティム・オライリーが、「私たちの仕事が尽きない理由」という動画で語っているように、**人間が常に解決すべき問題を増やす**からだ。[59]

とはいえ、新しい仕事の性質になじむには、想像力と準備が必要だろう。ラッダイト運動の労働者たちは、「産業化がおれたちの生活と幸せを脅かす」と考えたところまでは正しかったが、当初の混乱の先を見る想像力がなかった。

ほとんどの企業は今、目の前の仕事を見て「思考機械のほうが上手に、コスト効率よくこなせることは何だろう?」などと考えているが、その職場で将来必要になるスキルには目を向けていない。ITサービス企業「コグニザント」は、2018年の報告書に、**人間と機械のチーム・マネジャー、データ探偵、最高信頼責任者、その他18種類の「未来の仕事」を提示している。**[60]

だが、いくらかき立ててくれるリソースがあっても、想像力はその程度しか膨らまないものだ。そうした未来に向けて、アメリカ企業が、自身と労働者のために準備すべきものが現金だけだとしたら、すでに用意はできているのかもしれない。2017年の初めに、1兆8000億ドルの手元資金があったのだから。[61]企業がこれほどの流動資産を手元に置いているのには、戦略的な根拠がある。創造的破壊にもすばやく対処できるし、新たな商品やサービスの研究開発にもつぎ込めるからだ。

とはいえ、未来の仕事や収入や学習の斬新な発想に投資したいなら、世界経済や国家経済のニーズに長期的に目を向けていなくてはならない。たいていの企業は短期的な株主の利益に動かされており、漠然とした未来への想像力を膨らませる、効果的な対策を持っていない。

❖政府主導の「救済+再教育」のプログラム

政策立案者たちは、より賢い道を選択できるだろう。**企業の生産性と競争力を高めつつ、労働**

者たちには「第4次産業革命」に備えさせるのだ。まず、官民のパートナーシップを促す奨励策《インセンティブ》を設け、企業が未来の仕事——たとえば、クリーンエネルギーやテクニカル・デザイン、3D製造といった分野の仕事——の構築や訓練に投資するよう導くとよいだろう。政府は、公共インフラやビジネスインフラへの投資にも、こうしたインセンティブを活用できる。

たとえば、輸送問題の画期的な解決策や、古い製造拠点を新経済の拠点として再生するプロジェクトへの投資を促すのだ。さらに、手頃な価格の住宅への投資も、同じようなインセンティブで推進できる。そうした住宅を備えたサンフランシスコ、上海、ベルリン、ムンバイといった世界経済のホットスポットは、意欲的な労働者を受け入れている。

残念ながら今のところ、そうした地域から労働者を受け入れるべく国家戦略を立てている国はほとんどない。だから、**未来の仕事に向けて国民を教育しなくてはならない**。そうした仕事の多くは、今日の職場では耳にしたことのないスキルや、スキルの組み合わせを求めるだろう。官民のパートナーシップで未来の職種のアウトラインを決め、オンラインとオフラインを組み合わせた訓練モデルをつくり、修了証書付きのスキルアップ・プログラムを提供するとよいだろう。

BMWやフォルクスワーゲンといったドイツ企業が国内で立ち上げ、アメリカに持ち込んだような、総合的な企業実習プログラムを構築するのも一案だ。高いスキルを持たない労働者が、こうしたプログラムに参加してスキルアップに努めた場合、税額控除やUBI（最低所得補償）を受けられるとよいかもしれない。

企業と労働者が共同で行う「救済＋再教育」のプログラムがあれば、政府は「人間とテクノロジーの競争」という従来の考え方を変革し、未来型の仕事を通して生産性の向上をはかれるだろう。そうすれば、**人間のポテンシャルを活かす「ハイテクな未来への先駆者」としての地位を確立できる。**いや、今日の職場においても、認識技術を使えば、人間の動機や意図といった心の奥のあいまいな部分を把握して、会社の生産性を上げたり、社員の報酬を増やしたりできる。人間の潜在意識を、うまく利用することさえできるだろう。

たとえば、ヴォイチェフ・オジメクが率いるポーランドのスタートアップ「One2Tribe《ワン・トゥー・トライブ》」は、ＡＩプラットフォームを使って、クライアントが社員の意欲を高めるサポートをしている。ＡＩプラットフォームで社員の性格を分析し、売上や電話での成約率が上がるよう、各人に合う報酬の与え方をするのだ。同社は心理学やコンピューター科学の専門知識を活用しているが、最大の知恵の中には試行錯誤の末に得られたものもあるという。「オプトイン・オプトアウトの選択肢がなければ、社員は、これほど個別に行動を促してくるシステムを嫌がるでしょう」とオジメクは言う。だからクライアントには、システムを任意で使うよう求めている。ただ、報酬がもらえるとあって、たいていの場合、対象社員の約60パーセントが参加する。

オジメクの説明によると、このプラットフォームは、注意深く課題と報酬のバランスを取る。しかも、心理学の専門家がリアルタイムな反応から実際の脳機能に至るまであらゆることをテストするので、課題と報酬の関係がより明確になり、個々の社員に最も効果的なアプローチを見つけ出して随時更新していくことができる。

「課題と報酬のタイミングが、とくに重要です」とオジメクは言う。ある社員は、週単位の大きめの目標を目指したほうが成果をあげられるが、別の社員は毎日小さな報酬をもらったほうが、よい結果を出すかもしれない。報酬は、社員が別のアイテムに交換できる仮想通貨のようなものを使うことが多い。

「私たちは、目標と要求のバランスを取るＡＩを開発しています」とオジメクは説明する。「その人のスキルや性格特性を考慮して、意欲を引き出すシナリオづくりに努めています」と。

当然ながら、ワン・トゥー・トライブは社員の行動にさりげなく、深く影響を及ぼすので、「マインドコントロールされるのでは」という不安もかき立てる。実際、このプラットフォームは、オジメクと同僚たちが「社員が任意で参加すべきものだ」と気づくまでは、あまり効果が出なかった。だが、たとえ任意の使用でも、「会社はこうしたＡＩ搭載システムをむやみに導入しない」と保証する、安全対策は必要だ。

❖ＡＩプラットフォームが「働く人」を守る

未来の世界では、外からの刺激やゲーム形式の報酬を使って社員を思うままに操ったり、やりがいも目的もなくマシンのように働かせたりする必要はなくなるだろう。個人も社会も地球も、私たちが外からの判断を待つだけでなく、自分自身で何が正しいのかを考えるよう求めている。

今後は安全対策を講じるのに、一般の労働者も重要な役割を果たすことになるだろう。社員の考え方を操ろうとする企業は、最高の人材が集まる理想的な職場にはならない。求人クチコミサイト「Glassdoor《グラスドア》」は、だてに労働者の人気サイトになったわけではないし、企業もだてに『フォーチュン』誌の「最も働きがいのある企業ベスト１００」での順位をアピールするわけではない。今後私たちは労働者関連のＡＩシステムが受け入れられたり、拒絶されたりするのを何度も目にするだろう。企業も、故意かうっかりかはわからないが、一線を越えてしまうこともあるだろう。

責任ある組織は、ＡＩの成果を追跡し、悪用の恐れがある箇所があれば明らかにしたいと考えるだろう。革新的な企業なら、そうした作業の透明性も確保したいと考えるはずだ。その取り組みは、労使間の協力から始まるかもしれない。社員の行動に影響を及ぼすシステムのルールづくりを、両者が協力して行うのだ。これは、ドイツですでに実施されている労働者と企業の協力と似ているかもしれない。両者が共同で、ロボティクスや労働者の研修プログラムの導入を行っているのだ。

労働者関連のＡＩプラットフォームについては、いずれは専門家グループ――ＩＥＥＥや、システムを監査できる業界の労働審査委員会など――による認定を採り入れることになるかもしれない。とかく経済界は、四半期決算やストックオプションなど、目先のことにとらわれがちだ。だが、企業も政府も、モラルやプロとしての行動規範を考慮に入れて、損得だけにこだわる病《やまい》を治さなくてはならない。そうすればおそらく、認知革命に備える中で、社員の能力給を計算する際に株主の倫理を組み込むべきかどうかも、判断できるだろう。

「人工知能」と耳にしただけで、不安を覚える人がいるかもしれない。「おかしな方向に向かうのでは?」

「人間に害を及ぼすような使い方をされたら?」と。

だが、ＡＩシステムはただの道具にすぎず、私たちが注意を払えば、世の中をはるかによい場所にしてくれる。そのために私たちは、個人の主体性と、政府と、巨大デジタル企業のパワー・バランスをうまく取っていかなくてはならない。そして、安全に確実に電気や水やデータを供給してくれる、既存の機関を支え、強化していく必要がある。また、信頼と人間中心の価値観を守っていくことも不可欠だ。

世界中で同じ思いを抱く何千人もが、すでにこうした課題に取り組み始めている。最終的に一人一人の探求が成功するかどうかは、世界全体にとっては大きな問題ではないのかもしれない。だが、ＡＩに対する彼らのビジョンに息づく情熱や関心が、人類の未来を大きく変えていくだろう。

注釈

1. Casey Ross and Ike Swetlitz, "IBM pitched its Watson supercomputer as a revolution in cancer care. It's nowhere close," STAT, Sept. 5, 2017.
2. Megan Molteni, "Thanks to AI, Computers Can Now See Your Health Problems," Wired, Jan. 9, 2017.
3. Scott Dadich, "Barack Obama, Neural Nets, Self-Driving Cars and the Future of the World," Wired, November 2016 (Q&A with Barack Obama and Joi Ito).
4. Saqib Shah, "Facial recognition technology can now text jaywalkers a fine," New York Post, March 27, 2018.
5. Joyce Liu (producer), "In Your Face: China's all-seeing state," BBC News, Dec. 10, 2017.
6. Saqib Shah, "Facial recognition technology can now text jaywalkers a fine," New York Post, March 27, 2018.
7. Mara Hvistendahl, "Inside China's Vast New Experiment in Social Ranking," Wired, Dec. 14, 2017.
8. Liu Xuanzun, "Social credit system must bankrupt discredited people: former official," Global Times, May 20, 2018.
9. Interview with the authors at the University of Texas at Austin, October 20, 2017
10. Topher White, "The fight against illegal deforestation with TensorFlow," Google blog, March 21, 2018.
11. Martin Chorzempa. "China Needs Better Credit Data to Help Consumers," Peterson Institute for International Economics policy brief (January 2018).
12. Mara Hvistendahl, "Inside China's Vast New Experiment in Social Ranking," Wired (Dec. 14, 2017).
13. Jeremy Page and Eva Dou, "In Sign of Resistance, Chinese Balk at Using Apps to Snitch on Neighbors," Wall Street Journal (Dec. 29, 2017).
14. Josh Chin, "Chinese Police Add Facial-Recognition Glasses to Surveillance Arsenal," Wall Street Journal, Feb. 7, 2018.
15. Joyce Liu (producer), "In Your Face: China's all-seeing state," BBC News, Dec. 10, 2017.
16. Barbara Ross, "NYPD blasted over refusal to disclose 'predictive' data," New York Daily News, Dec. 17, 2016.
17. Testimony to California Assembly joint hearing of the Privacy and Consumer Protection Committee and Select Committee on Emerging Technologies and Innovation, March 6, 2018.
18. Wolfgang Heller, "Service robots boost Danish welfare," Robohub.org, Nov. 3, 2012.
19. https://www.youtube.com/watch?v=PNw4oicWmWU
20. Andrew Griffiths, "How Paro the robot seal is being used to help UK dementia

patients," The Guardian (July 8, 2014).
21. Ken Goldberg,"The Robot-Human Alliance,"Wall Street Joural (June11,2017).
22 Liqun Luo, "Why Is the Human Brain So Efficient?," Nautilus, April 12, 2018.
23. Interview with the authors in San Francisco,January 29,2018
Christina Bonnington,"Choose the Right Charger and Power Your Gadgets Properly"Wired,December 18,2013
24. The DAMO Academy acronym stands for Discovery, Adventure, Momentum, and Outlook.
25. Neal E. Boudette, "Fatal Tesla Crash Raises New Questions About Autopilot System," New York Times, March 31, 2018.
26. Cathy Newman, "Decoding Jeff Jonas, Wizard of Big Data," National Geographic, May 6, 2014.
27. Thomas H. Davenport and D.J. Patil, "Data Scientist: The Sexiest Job of the 21st Century," Harvard Business Review, October 2012.
28. James Manyika, et al., "Unlocking the Potential of the Internet of Things," McKinsey & Company (June 2015).
29. "From Not Working to Neural Networking." (special report) The Economist, June 25, 2016.
30. Interview with the authors at Google's offices and via video conference, March 7, 2018
31. Samuel Gibbs, "Google buys UK artificial intelligence startup Deepmind for £400m," The Guardian, Jan. 27, 2014.
32. Piyush Mubayi, et al., "China's Rise in Artificial Intelligence," Goldman Sachs (August 31, 2017).
33. AI in the UK: Ready, willing and able? House of Lords Select Committee on Artificial Intelligence, Report of Session 2017-19.
34. Nicholas Thompson, "Emmanuel Macron Talks to WIRED About France's AI Strategy," Wired, March 31, 2018.
35. Bhaskar Chakravorti, "Growth in the machine," The Indian Express, June 20, 2018.
36. Ananya Bhattacharya, "India hopes to become an AI powerhouse by copying China's model," Quartz, Feb. 13, 2018.
37. Interview with the authors via phone, November 21, 2017
38. Henry A. Kissinger, "How the Enlightenment Ends," The Atlantic, June 2018.
39. Parag Khanna, Technocracy in America: Rise of the Info-State (CreateSpace Independent Publishing: January 2017).
40. Robotics and artificial intelligence team, Digital Single Market Policy:Artificial Intelligence.
Europian Commission,Updated May 31,2018.
41. James Manyika, "10 imperatives for Europe in the age of AI and automation," McKinsey & Company (October 2017).

42. Bhaskar Chakravorti, et al., "The 4 Dimensions of Digital Trust, Charted Across 42 Countries," Harvard Business Review (Feb. 19, 2018).
43. James Vincent, "Putin says the nation that leads in AI 'will be the ruler of the world,'" The Verge, Sept. 4, 2017.
44. Gary King, Jennifer Pan, and Margaret E. Roberts, "How Censorship in China Allows Government Criticism but Silences Collective Expression," American Political Science Review 107, no. 2 (2013).
45. Ali Montag, "Billionaire Alibaba founder Jack Ma was rejected from every job he applied to after college, even KFC," CNBC, Aug. 10, 2017.
46. Fortune 500 profiles, "No. 21: Jack Ma," Fortune, Updated July 31, 2018.
47. Ministry of Education of the People's Republic of China, 2017 sees increase in number of Chinese students studying abroad and returning after overseas studies, April 4, 2018.
48. Elsa Kania, "China's quest for political control and military supremacy in the cyber domain," The Strategist, Australian Strategic Policy Institute, March 16, 2018.
49. Summary of the 2018 White House Summit on Artificial Intelligence for American Industry, The White House Office of Science and Technology Policy, May 10, 2018.
50. Richard J. Harknett, "United States Cyber Command's New Vision: What It Entails and Why It Matters," Lawfare, The Lawfare Institute, March 23, 2018.
51. Artificial Intelligence, Big Data and Cloud Taxonomy, Govini, 2017.
52. Kai-Fu Lee, "The Real Threat of Artificial Intelligence," New York Times, June 24, 2017.
53. Nyshka Chandran, "China's plans for creating new international courts are raising fears of bias," CNBC, Feb. 1, 2018.
54. Kemal Kirişci and Philippe Le Corre, The new geopolitics of Central Asia: China vies for influence in Russia's backyard, The Brookings Institution, Jan. 2, 2018.
55. Julia Angwin, Noam Scheiber and Ariana Tobin, "Facebook Job Ads Raise Concerns About Age Discrimination," New York Times, Dec. 20, 2017.
56. "Venture Pulse Q4 2017," KPMG Enterprise report (Jan. 16, 2018).
57. "Jobs lost, jobs gained: Workforce transitions in a time of automation," McKinsey & Company (December 2017).
58. Researchers studying in this vein include: Carl Frey and Michael Osborne (Oxford University); Wolfgang Dauth, Sebastian Findeisen, Jens Südekum, and Nicole Wössner (Institute for Employment IAB); and David Autor (MIT).
59. https://www.oreilly.com/ideas/why-well-never-run-out-of-jobs-ai-2016
60. 21 Jobs of the Future, Cognizant, Nov. 28, 2017.
61. Moody's: US corporate cash pile grows to $1.84 trillion, led by tech sector, Moody's Investors Service, July 19, 2017.

本書は日本語版として再編集されています。

プロフィール

著者

オラフ・グロス（Olaf Groth）

ハルト・インターナショナル・ビジネススクールの経営戦略・イノベーション・経済学教授。シンクタンク「Cambrian.ai《カンブリアン・ドット・エーアイ》」の創業者兼CEO。カリフォルニア大学バークレー校・客員研究員で、世界経済フォーラムのグローバル・エキスパート・ネットワークのメンバー。タフツ大学フレッチャー法律外交大学院で博士課程を修了し、以前は複数の企業の諮問委員などを務めていた。『ワイアード』誌、『ハーバード・ビジネス・レビュー』誌、「フィナンシャル・タイムズ」紙等に寄稿している。

マーク・ニッツバーグ（Mark Nitzberg）

カリフォルニア大学バークレー校・人間共存型AIセンターの事務局長で、「Cambrian.ai《カンブリアン・ドット・エーアイ》」の主任。マサチューセッツ工科大学でAIを学び、ハーバード大学で博士号を取得。マイクロソフトとアマゾンでコンピュータビジョンのプロジェクトを指揮する一方、世界中の社会的弱者に貢献するテクノロジー企業を設立している。

訳者

長澤あかね

奈良県生まれ、横浜在住。関西学院大学社会学部卒業。広告代理店に勤務したのち、通訳を経て翻訳者に。訳書にエイミー・モーリン著『メンタルが強い人がやめた13の習慣』、ダン・ライオンズ著『スタートアップ・バブル　愚かな投資家と幼稚な起業家』（ともに講談社）、エミリー・ワプニック著『マルチ・ポテンシャライト　好きなことを次々と仕事にして、一生食っていく方法』、マーティン・ピストリウスほか著『ゴースト・ボーイ』（ともにPHP研究所）などがある。

新《あら》たなAI大国《たいこく》　その中心《ちゅうしん》に「人《ひと》」はいるのか？

2019年12月4日　第1刷発行

著者……………………オラフ・グロス
マーク・ニッツバーグ
訳者……………………長澤《ながさわ》あかね

装幀……………………鈴木大輔・江﨑輝海
（ソウルデザイン）
本文レイアウト………山中 央
発行者…………………渡瀬昌彦
発行所…………………株式会社講談社
東京都文京区音羽2丁目12－21［郵便番号］112－8001
電話［編集］03－5395－3522
［販売］03－5395－4415
［業務］03－5395－3615
印刷所…………………豊国印刷株式会社
製本所…………………株式会社国宝社
本文データ制作………講談社デジタル製作

ISBN978-4-06-517568-2